DAUSIEN

MÄRCHEN
AUS NORDAMERIKA

MÄRCHEN AUS NORDAMERIKA
Die grüne Prärie

Erzählt von
Vladimír Stuchl
Illustrationen von
Luděk Maňásek

VERLAG WERNER DAUSIEN

MÄRCHEN AUS NORDAMERIKA
Die grüne Prärie
Erzählt von V. Stuchl
Ins Deutsche übertragen von M. Vaníčková
Graphische Gestaltung von Jiří Schmidt

VERLAG WERNER DAUSIEN
HANAU/M.
ISBN 3-7684-5854-7
1/01/33-52

DIE GRÜNE PRÄRIE

Über die Prärie stürmt das weiße wilde Pferd. Wie der Wind jagt es durch das weite Land, in dem vor langer, langer Zeit die Lagerfeuer der Indianer brannten.

Die Indianer jagten den Bison, ihre Frauen bestellten das Feld, aber an den Festtagen erhoben sie gemeinsam ihre Stimmen im Gebet zur Göttin des Morgensterns:

O Stern des Morgens,
der erstrahlt und verlöscht,
Tag um Tag
kehre wieder.

Übers Meer kamen in Schiffen weiße Einwanderer. Sie rodeten die Wälder, pflügten die Felder, bestellten den Boden auf ihre Art.

Übers Meer kamen auch die Neger ins Land. Sie kamen nicht freiwillig, sie hatten für die weißen Einwanderer zu arbeiten. Und ihre Kinder lernten schon früh von ihren Müttern den Spruch:

Es sprach die schwarze zur weißen Katze:
Komm mit mir spazieren!
Freundlich sprach darauf die weiße Katze zur schwarzen:
Gern, aber wirf zuerst dein schwarzes Fell ab!

Durch die Prärie stürmt das weiße Pferd, der Mustang.

Vor langen Jahren fuhren durch die Grasebenen von Ost nach West die Planwagen, in denen die weißen Einwanderer auf der Suche nach einer neuen Heimat waren.

Ob sie gefunden haben, was sie suchten?

Das sollen sie selbst sagen.

Ich will euch ein Märchen erzählen, vom roten Kälbchen will ich erzählen.

Das Kälbchen gehörte Nora und Jack.

Das ist die Hälfte des Märchens.

Jack jagte das Kälbchen aus dem Gehege.

Und so endet das Märchen.

Durch die Prärie stürmt ein wildes Pferd. Jedesmal, wenn sein Huf auf einen Stein aufschlägt, sprühen Funken empor.

Jeder Funke verwandelt sich in ein Märchen, ein Märchen der Indianer, der Neger, der weißen Einwanderer.

BILL DER KOJOTE

„Hier in Texas läßt es sich kaum mehr atmen“, sagte Bills Vater, „zu viele Leute kommen hierher, seht nur, dort baut sich schon wieder ein Neuankömmling seine Hütte.“

Bills Frau wandte den Kopf. Tatsächlich, weit drüben, am anderen Ufer, ragte aus dem hohen Gras ein Dach in die Höhe.

Damals gab es in Texas noch wenige Menschen, und die Einwanderer, die gen Westen gezogen waren und sich an die Einsamkeit gewöhnt hatten, sahen es nicht gern, wenn ein Neuankömmling das hohe Präriegras zertrat, das im Winde wogte, so weit das Auge reichte.

„Wir werden von hier wegziehen“, entschied Bills Vater ohne langes Überlegen.

So luden sie also ihr Hab und Gut auf einen Planwagen, spannten vier Ochsen davor und machten sich auf die Fahrt durch die Prärie, weiter nach Westen.

Als sie den Kojoten-Fluß durchquert hatten und am anderen Ufer angelangt waren, geriet der Wagen ins Wanken, und der kleine Bill fiel heraus.

Keiner hatte es bemerkt. Erst nach einem Monat stellte die Mutter fest, daß eines der vierzehn Kinder fehlte. Aber sie waren damals bereits weit, weit weg, und der Vater wollte nicht umkehren.

„Irgend jemand wird Bill schon gefunden haben“, sagte er.

Der kleine Bill war ins Gebüsch gerollt, wo ihn ein streunender Kojote fand. Er beschnupperte ihn, und da Bill ebenso jämmerlich wimmerte wie ein Kojotenbaby, nahm das Tier Bill in die Schnauze, trug ihn zwischen den Zähnen in seinen Bau und legte ihn neben seine Jungen.

Bill fühlte sich wohl im Bau, er spielte mit den Kojotenkindern, raufte mit ihnen um einen abgenagten Kaninchenknochen und aß, was die Kojoten-Eltern in der Prärie erbeutet hatten. Es fehlte ihm an nichts. Er kroch und lief wie die Kojoten auf allen vieren, und bellte und schmatzte ebenso laut oder leise wie sie.

Eines Tages verirrte sich eine Kuh bis an den Kojoten-Fluß, und ein Cowboy kam, sie zu suchen.

Am Fluß rang Bill gerade mit zwei Graubären. Den einen tötete er mit einem Faustschlag, der andere lief davon. Dann machte sich Bill mit großem Appetit an das Bärenfleisch.

Als die Kojotenjungen den Cowboy erblickten, liefen sie schnell in den Bau zurück. Bill aber blieb am Ufer sitzen, kaute an dem Bärenfleisch und kümmerte sich um nichts anderes.

Der Cowboy fragte verwundert: „Was machst du denn unter den Kojoten? Warum läufst du nackt und auf allen vieren herum? Und wieso ißt du rohes Bärenfleisch?"

„Ich bin ein Kojote", sagte Bill mürrisch. „Essen etwa Kojoten das Bärenfleisch gebraten?"

„Du bist kein Kojote", sagte der Cowboy lachend, „du bist ein Mensch wie ich."

„Aber ich habe Flöhe", wehrte sich Bill, „ich muß mich dauernd kratzen, so sehr beißen sie mich. Und wenn in der Nacht der Mond scheint, winsele ich ihn an wie alle Kojoten."

„Flöhe?" lachte der Cowboy. „Wer in Texas lebt, der hat auch Flöhe. Das geht nicht anders. Du winselst den Mond an? Das bedeutet noch gar nichts. Wo hast du aber den Kojotenschwanz?"

Bill drehte sich um und staunte, erst jetzt bemerkte er, daß alle Kojoten einen schönen buschigen Schwanz hatten, alle — außer ihm.

„Also bin ich wohl wirklich ein Mensch", sagte Bill traurig und dann richtete er sich auf. Er schwankte ein wenig — bis dahin war er ja nur auf allen vieren gelaufen, aber als er ein wenig Mut gefaßt und sich im Gehen geübt hatte, ging es schon besser, und nach einer Weile lief er wie ein richtiger Junge.

Der Cowboy hob Bill zu sich aufs Pferd und nahm ihn mit ins Lager.

Der Koch gab Bill eine Schüssel Bohnen mit Speck. Der Junge ließ es sich schmecken, und nachdem er noch eine Schale süßen Kaffee getrunken hatte, war er ganz zufrieden, ein Mensch zu sein.

Weil ihn aber der Cowboy unter den Kojoten gefunden hatte, nannte man ihn Bill der Kojote.

Als Bill alles gelernt hatte, was ein Cowboy können muß, hielt er es kaum noch im Lager aus; es war, als brenne ihm der Boden unter den Füßen. Trübsinnig saß er auf einem Hügel, schaute über die Prärie und das wallende grüne Gras.

Eines Abends, als er wieder so dasaß und beobachtete, wie die Sonne in den grünen Wogen unterging, schwang er sich auf das Pferd, das man ihm geschenkt hatte, und ritt nach Westen, dorthin, wo die rote Sonne versunken war.

In der Prärie begegnete er einem Bisonjäger.

„He, Alter", rief Bill diesem zu. „Ich suche Arbeit. Weißt du

vielleicht, ob es in der Nähe eine Herde störrischer Kühe gibt?"

„Eine Herde, die niemand imstande ist zu hüten?" fragte der Jäger. „Da bist du auf dem richtigen Weg, Fremdling, gerade so eine Herde feuriger Kühe weidet jenseits des Flusses der Klapperschlangen, und bis jetzt ist es noch keinem Cowboy gelungen, sie zusammenzutreiben."

Bill der Kojote bedankte sich und ritt im Galopp durch die Prärie weiter auf das Gebirge zu. Das hohe Gras schlug hinter ihm zusammen, als kräuselte es der Wind.

Im Gebirge rutschte das Pferd aus und brach sich ein Bein. Bill nahm dem Pferd den Sattel ab, warf ihn über die Schulter und ging zu Fuß weiter.

Plötzlich erhob sich vor ihm im Gras eine Klapperschlange, die rasselte mit dem Schwanz und zischte: „Also du bist Bill der Kojote, der keine Angst kennt? Da bin ich aber neugierig, ob du mich besiegen kannst."

Und wieder rasselte sie mit dem Schwanz, so daß es klang, als schütte man Erbsen in einen Topf.

Bill legte den Sattel ins Gras, ergriff die Schlange beim Schwanz, schwang sie wie ein Lasso und schleuderte sie in die Luft.

Die Klapperschlange erschrak derart, daß sie vor Staunen das Maul weit aufriß. Und als sie zu Boden fiel, vergaß sie, das Maul zuzuklappen, aber das hätte sie nicht vergessen sollen: Bill riß ihr nämlich mit einem einzigen Griff die Giftzähne aus.

„Ich habe verloren", lispelte die Klapperschlange ängstlich, „du bist schlauer als ich. Doch töte mich bitte nicht."

Bill nahm wieder den Sattel auf die Schulter, hob die Klapperschlange vom Boden auf, wickelte sie sich wie einen Schal um seinen Hals und ging weiter.

Hinter einem hohen Felsen sprang Bill plötzlich ein Kuguar entgegen, der knurrte: „Die Klapperschlange hast du besiegt, weil du flinker und schlauer warst. Aber jetzt bin ich da. Ich fordere dich zum Zweikampf. Wir wollen sehen, wer stärker ist."

Bill der Kojote legte den Sattel und die Schlange ins Gras und rief: „Ich bin bereit, fang an!"

Der Kuguar duckte sich und sprang auf Bill zu. Und Bill schloß ihn fest in die Arme und wirbelte mit ihm im Kreis herum, daß dem Kuguar schwarz vor den Augen wurde. Bill drehte und drehte sich immer schneller im Kreis, bis dem Raubtier die Haare aus dem Fell fielen.

Und der Haare waren es so viele, daß sie die untergehende Sonne verdeckten.

„Laß mich los", bat der Kuguar erschöpft. Er schämte sich, daß er nackt und kahl war. „Ich habe es doch nur im Spaß gemeint. Als wüßte ich nicht, daß du stärker bist als ich. Und nun bitte ich dich, laß mich am Leben."

Bill der Kojote legte den Kuguar auf die Erde, hob den Sattel aus dem Gras und warf ihn dem Raubtier über. Dann schwang er sich auf dessen Rücken, wickelte sich wieder die Klapperschlange um den Hals und ritt weiter.

Er überquerte den Fluß der Klapperschlangen und erblickte am andern Ufer mehrere Planwagen und ein Lagerfeuer. Die Männer, die um das Feuer saßen, waren Cowboys. Über dem Feuer hatten sie einen Topf mit Speckbohnen hängen.

„Guten Abend alle miteinander", grüßte Bill. „Gibt es bei euch auch für mich etwas zu essen? Ich habe nämlich großen Hunger."

„Freilich", sagte der älteste Cowboy, „greif nur zu!" Die übrigen schauten verstohlen auf den gesattelten Kuguar und die zahnlose Klapperschlange, sagten nichts, rückten aber sicherheitshalber ein wenig zur Seite.

Bill hob den Kessel mit den Speckbohnen vom Feuer, und ehe es sich die Cowboys versahen, hatte er die Bohnen verzehrt. Dann hob er den andern Kessel mit dem heißen Kaffee vom Feuer und trank ihn mit einem Zug leer.

Danach wischte er sich die Lippen ab und sagte: „Die Bohnen waren hart, der Speck angebrannt und der Kaffee nicht süß genug. Zu Hause ißt man, was man sich beschafft, bei Freunden, was man einem gibt."

Die Cowboys wußten nicht, was sie dazu sagen sollten. Und so schwiegen sie auch jetzt.

„Wer ist eigentlich euer Anführer?" fragte Bill.

Vom Feuer erhob sich ein noch recht junger Mensch, der schaute auf Bill, auf den Kuguar, auf die Klapperschlange und murmelte zwischen den Zähnen: „Bis eben war ich der Anführer. Von nun an sollst du es sein."

„Gut", nickte Bill, „sagt mir also zuerst, ob ihr alle Kühe gezeichnet habt."

Die Cowboys seufzten, und einer antwortete: „Es will uns einfach nicht gelingen."

„Na, so etwas!" rief Bill. „Noch nie habe ich gehört, daß ein Cowboy nicht imstande wäre, alle Kühe ordentlich zu zeichnen."

„Du hast leicht reden", seufzte einer der Cowboys, „aber wir haben es mit den störrischsten Kühen zu tun, die je auf der Weide waren."

„Also habe ich den richtigen Weg eingeschlagen", sagte Bill der Kojote. „Nach einer solchen Herde war ich nämlich auf der Suche."

Dann erhob er sich und wickelte das Lasso ab, das er um den Gürtel trug, und das Lasso schien kein Ende zu haben.

Gegen Morgen hatte er endlich das ganze Lasso abgewickelt.

Manche Cowboys behaupten heute noch, Bills Lasso sei so lang gewesen, daß man die ganze Erdkugel damit hätte umwickeln können. Andere widersprechen lachend: „Ihr übertreibt, das Lasso war um zwei Zoll kürzer."

Als Bill der Kojote das ganze Lasso abgewickelt hatte, schleuderte er es probeweise und fing damit einen Steinadler ein, der gerade über den fernen Bergen kreiste.

Dann schwang er das Lasso wieder und warf die Schlinge über die Prärie.

Das Lasso sauste wie ein Sturmwind dahin, und als es auf die Erde fiel, zog Bill die Schlinge zu. So fesselte er mit einem Wurf alle sechstausendsiebenhundertundneunundachtzig Kühe und zerrte sie ins Lager.

Nur eine einzige feurige Färse schlüpfte aus der Wurfschlinge.

„O, du Luder", zürnte Bill und sprang auf alle viere. Nicht umsonst war er unter den Kojoten aufgewachsen! Auf allen vieren jagte er der Färse nach, und ehe diese es sich versah, hatte er sich auf ihren Rücken geschwungen und sie mit solcher Kraft zwischen die Knie gepreßt, daß sie gehorsam ins Lager trabte.

Nach einiger Zeit kaufte sich Bill der Kojote ein neues Pferd.

Er fütterte es mit Schießpulver, und nach einem halben Jahr war das Pferd feurig wie der Blitz. Jeden, der sich auf seinen Rücken schwingen wollte, warf es ab.

Nur Bill wußte es zu reiten.

Alle anderen Cowboys, die sich dem Pferd näherten, mußten ihren Wagemut mit dem Leben bezahlen.

„Mir ist traurig zumute", sagte Bill eines Tages zu sich selbst, „ich sollte heiraten."

Schon lange hatte er dem Mädchen Susanna nachgeschaut. Susanna war ebenso gut zu Pferde wie Bill.

„Diese und keine andere", entschied Bill, „in einem Monat feiern wir Hochzeit."

„Nun gut", sagte Susanna nach einigem Überlegen, „ich werde dich heiraten. Aber ich habe einen Wunsch. Erst wenn du ihn mir erfüllt hast, will ich deine Frau werden."

„Es gilt“, sagte Bill. „Was ist das für ein Wunsch?“

„Das verrate ich dir erst an unserem Hochzeitstag“, erwiderte Susanna lachend, schwang sich auf ihr Pferd und stürmte im Galopp davon.

An ihrem Hochzeitstag trug Susanna ein Kleid aus rauschender Seide. Damit der weite Rock auch hübsch saß, hatte sie ihn mit einem Reifen versteift.

„Wirst du mir jetzt meinen Wunsch erfüllen?“ fragte Susanna.

„Bill der Kojote hält immer, was er verspricht“, prahlte Bill. „Sag schon, was ist dein Wunsch?“

„Ich will auf deinem Pferd zur Kirche reiten“, sprach Susanna.

„Wie du willst“, nickte Bill betrübt, „aber ich fürchte, es wird nicht gutgehen.“

Susanna lachte nur.

Sie trat an Bills feuriges Pferd heran, und ehe es Zeit hatte, sich aufzubäumen, saß Susanna auf seinem Rücken.

Das Pferd wieherte laut — und schleuderte die Braut hoch in die Luft.

Susanna flog in die Höhe, höher und noch höher, unter einer weißen Wolke hielt sie an und fiel dann wie ein Stein herunter. Weil sie aber im Rock ihres Kleides auch eine Sprungfeder hatte, stieß sie gleich wieder von der Erde ab und flog erneut hoch.

Und so ging es immerfort — hinauf, hinunter, hinauf, hinunter.

Die Sonne stand schon hoch am Himmel, und Susanna flog immer noch zwischen Himmel und Erde. Es dämmerte bereits, die Nacht brach herein, es wurde wieder Morgen, und Susanna war schon ganz erschöpft.

Bill der Kojote und die Hochzeitsgäste schauten betrübt drein, niemand wußte einen Rat.

„Ich muß mir etwas ausdenken“, sagte Bill schließlich, „sonst bleibt von meiner Braut in einer Woche nur noch der Reifrock übrig.“

Dann zog er seinen Revolver und schoß alle sechs Patronen aus der Trommel.

Da erhob sich ein Sturm und der trug die fliegende Braut bis an den Fluß der Klapperschlangen. Dort ließ er sie ins Wasser fallen.

Bill sprang auf sein Pferd, schleuderte sein Lasso und zog Susanna aus dem Wasser.

Aber der Sturm ließ nicht nach.

Er entwurzelte Bäume, riß Felsen herab und trug die fruchtbare Erde der Prärie fort.

„Warte nur", rief Bill zornig, „ich werde dir schon beikommen!"

Und er warf sich auf den Sturm. Wütend versuchte der, Bill abzuwerfen.

Er raste mit ihm durch die ganze Gegend, von einem Berg zum andern, er brüllte, fauchte, zischte und winselte, nieste, seufzte und jammerte, er bettelte, flüsterte und wimmerte, aber Bill der Kojote hielt ihn fest.

Der Sturm heulte auf und trug Bill bis zu den Wolken, er stürzte sich mit ihm in die Tiefe, tauchte ihn im See unter, ließ ihn an einem Gletscher fast erfrieren und gleich darauf im heißen Wüstensand rösten.

Aber Bill der Kojote ließ sich nicht abschrecken. Er rief lachend: „Ich werde dich schon bändigen! Warte nur, ich bändige dich schon!"

Am nächsten Tag wurde der Sturm müde, er atmete schwer, röchelte und zischte, schluchzte und begann am Ende gar zu weinen. Ja, dicke Tränen rannen aus seinen Augen, so viele, daß sie zu einem breiten Strom wurden.

Der Sturm war ein Wind und der Wind ein Windchen geworden, und das Windchen schlich sich sanft und leise an die Braut Susanna heran und legte ihr Bill den Kojoten zu Füßen nieder.

Nun wurde endlich Hochzeit gefeiert, und Bill schleuderte sein Lasso gen Himmel und weil es bereits dunkelte, fing er damit einen strahlenden Stern ein, den er Susanna als Brautgeschenk überreichte.

Aus dem Stern wurde eine Sonnenblume, und seit jener Zeit wachsen in der Prärie wilde Sonnenblumen, goldgelb wie der Stern, den sich Susanna in ihr Hochzeitskleid gesteckt hatte.

DER GEIST DES BISONSCHÄDELS

Der Indianerjunge Kleiner Busch war zum Jüngling herangewachsen. Nun durfte er nicht mehr spielen. Die Jagd und der Kampf warteten auf ihn.

Zuerst mußte er aber seinen Geist finden, der ihm beistehen und ihn im Krieg und im Frieden beschützen sollte.

Die Welt ist belebt von Geistern, seinen guten Geist hat jeder Stein und jeder Baum, die Wolke und der Schakal, der Mensch und der Fluß.

Solange ein junger Indianer noch keinen Geist hat, kann er weder auf die Jagd noch in den Kampf ziehen; er brächte keine Beute heim, und niemand wäre da, der ihn im Kampf beschützte.

„Paß gut auf, wovon du träumen wirst", riet die Großmutter. „Vielleicht wird dir dein guter Geist im Schlaf erscheinen."

Aber Kleiner Busch träumte nicht.

Und so ging er seinen guten Geist suchen.

Heimlich verließ er das Dorf und ging an den Fluß, und auf dem ganzen Weg wünschte er sich nur, er möge dem Geist des Bisonschädels begegnen.

„Erscheine mir, Geist des Bisonschädels!" murmelte der Indianerjunge Kleiner Busch leise vor sich hin.

Aber er bat vergebens.

Vielleicht sollte ich den Geist herbeilocken, dachte sich Kleiner Busch.

Dann nahm er vier weißgetrocknete Bisonschädel, band sie zusammen und zog sie an einer Schnur durch die ausgedörrte Prärie, über Steine und durch Dornengestrüpp bis an den Fluß.

Die Sonne brannte erbarmungslos, und die Bisonschädel wurden von Schritt zu Schritt schwerer. Als Kleiner Busch schließlich beim Fluß angelangt war, konnte er die Schädel vor Müdigkeit kaum mehr schleppen.

Er sah, daß der Fluß angeschwollen war.

‚Vielleicht erscheint der Geist des Bisonschädels mir im Wasser', dachte Kleiner Busch, und er lief zum Fluß.

Im Wasser fühlte er, wie alle Last und Müdigkeit von ihm abfiel. Die Bisonschädel waren plötzlich leicht und hielten den Jungen über Wasser.

Kleiner Bursch wandte sich um, und er sah — die vier weißgetrockneten Bisonschädel hatten sich in vier lebende Bisonköpfe verwandelt und blickten ihn mit großen Augen an.

„Ich danke dir, Geist der Bisonschädel, daß du mich erhört hast", flüsterte der Indianerjunge Kleiner Busch glücklich, und er fühlte sich auf einmal stark und unüberwindbar.

Er wußte, der Geist des Bisonschädels würde ihn überall beschützen.

DER WIDDER, DER LACHS UND DER ADLER

Am Ufer des breiten Flusses wohnte in einer Holzhütte ein Weber.

Seine Frau und seine drei Töchter halfen ihm beim Weben der Leinwand. Im Frühling brachte der Weber die Leinwand zum Verkauf in die Stadt. Von dem Geld, das er heimbrachte, ließ es sich recht und schlecht leben.

Einmal gab es einen langen, strengen Winter, es fror, daß selbst die Fichten barsten. Schnee bedeckte die Hütte, nur der Schornstein ragte heraus. Bald war alles Holz verheizt, und der Frost ließ nicht nach. Darum nahm der Weber eines Morgens Säge und Axt, um im Wald eine Fichte zu fällen.

„Komm mit mir, Mabel", forderte er dann seine älteste Tochter auf, „du kannst mir helfen, die Zweige abzuhacken."

Kaum aber hatte der Weber im Wald die Axt in einen Fichtenstamm geschlagen, da sprengte ein weißes Pferd heran, auf dessen Rücken ein weißgekleideter Reiter saß.

„Ich warte schon seit Tagen auf dich", sagte der Reiter zu dem Weber, „denn ich will deine Tochter zur Frau."

„Wer hat je gehört, Herr", sagte der Weber verwundert, „daß ich meine Tochter einem Mann geben will, dessen Name ich nicht einmal weiß."

„Hör mich an", sagte der Reiter im weißen Mantel, „gib mir deine Tochter, und ich gebe dir so viel Gold, wie in deiner Tasche Platz hat."

Da überlegte der Weber nicht lange und willigte ein.

Der Fremde warf einen Beutel in den Schnee, der öffnete sich, und der Weber sah, daß er tatsächlich mit Gold gefüllt war.

Der Weber streckte die Hände aus und füllte sich damit die Tasche, bis nichts mehr hineinging.

Und ehe der Weber es sich versah, erhob sich ein Sturm, der

wirbelte den Schnee auf, und als der Sturm sich wieder legte, war der Reiter im weißen Mantel mit der Tochter des Webers verschwunden.

Der Weber war dennoch guter Dinge. Er fällte eine Fichte, zersägte sie, lud das Holz auf seinen Schlitten und kehrte am Abend in seine Hütte zurück.

Unterwegs bedachte er aber alles und machte sich nun doch Vorwürfe. Was sollte er tun? Er vergrub das Gold schließlich in einer Schneewächte, kehrte in die Hütte zurück und sagte zu seiner Frau: „Unserer Tochter war es zu kalt, sie ist in die Waldhütte gegangen, um dort zu übernachten."

Am nächsten Morgen setzte sich der Weber wieder an seinen Webstuhl, aber seine Frau fragte jede Weile. „Warum kommt unsere Tochter nicht zurück?"

„Sie wird schon noch kommen", antwortete der Weber, aber es war ihm kein bißchen wohl dabei.

Ein Tag verging und wieder einer, doch die Weberstochter kam nicht. Und es war, als wäre der Himmel entzweigerissen, der Schnee fiel so dicht, daß man kaum einen Schritt weit sehen konnte, überdies fror es, daß die Schindeln auf dem Dach barsten.

„Da kann man nichts machen", sagte der Weber eines Morgens, „ich muß wieder in den Wald. Komm mit mir, Rosie, du kannst mir beim Holzmachen helfen."

Kaum hatte der Weber aber im Wald seine Axt in eine hohe Tanne geschlagen, da sprang ein braunes Pferd daraus hervor, auf dessen Rücken ein braungekleideter Reiter saß.

„Ich habe dich erwartet", sagte der Fremde. „Gib mir deine Tochter zur Frau."

Der Weber wollte nichts davon hören. Aber der Fremde ließ nicht locker.

„Gib mir deine Tochter, und ich gebe dir so viel Gold, wie in deine Mütze hineingeht."

Kaum hatte der Weber den Beutel mit dem Gold erblickt, den der Fremde auf den Boden warf, waren alle guten Vorsätze vergessen, und er willigte ein.

Der Fremde schüttete die Mütze des Webers voll Gold. Und es war wie das erste Mal — ein Sturm erhob sich und der Schnee wirbelte auf, und ehe der Weber den Kopf gewendet hatte, war der Fremde mit seiner Tochter verschwunden.

Nun jammerte der Weber aber:

„Das Gold, ach, das Gold, ich will es nicht einmal mehr sehen."

Dann schüttete er alles in eine Schneewächte, fällte eine Tanne und kehrte mit dem Holz auf dem Schlitten in seine Hütte zurück.

„Wo ist unsere Tochter?" fragte ihn seine Frau.

„Sie hatte Hunger", sagte der Weber, „darum ist sie in die Waldhütte gegangen. In der Frühe wird sie gewiß wieder da sein."

Als der Morgen dämmerte, setzte sich der Weber an seinen Webstuhl zur Arbeit.

„Warum kommt unsere Tochter nicht?" fragte seine Frau ein ums andere Mal.

Der Weber antwortete nicht, ihm war es um die Tochter leid.

Nach einigen Tagen war wieder alles Holz verbraucht, und wieder fiel der Schnee vom grau bedeckten Himmel.

„Komm mit, Mary", sagte der Weber zu seiner jüngsten Tochter, „du kannst mir im Wald beim Holzfällen helfen."

„Mary bleibt hier!" rief die Webersfrau.

„Laß mich nur gehen", überredete die jüngste Tochter ihre Mutter, „hab keine Angst um mich, ich komme gewiß zurück."

Kaum aber hatte der Weber im Wald seine Axt in eine alte Kiefer geschlagen, da sprang ein schwarzes Pferd daraus hervor, auf dessen Rücken ein schwarzgekleideter Fremder saß.

„Ich habe dich erwartet", sagte der Fremde. „Gib mir deine jüngste Tochter zur Frau."

„Nein und nein!" rief der Weber. „Nicht einmal für einen Hut voll Gold täte ich das."

„Ein Hut voll Gold wäre für eine so schöne Braut auch viel zu wenig. Ich will dir einen ganzen Sack voll Gold geben."

Der Weber seufzte. Einen Sack voll Gold! Dafür würde er ein Haus in der Stadt kaufen können und eine Kutsche mit prachtvollen Pferden dazu, und bis ans Lebensende würde er sich nicht mehr an den Webstuhl setzen müssen.

„Ach, ich Unglückliche", jammerte seine Frau, als der Weber abends allein heimkehrte. „Warum habe ich nur alles zugelassen! Du sagst, Mary sei in die Stadt gegangen, sich ein Kopftuch zu kaufen? Sie wird nicht wiederkommen, ebenso wie Mabel und Rosie nicht wiedergekommen sind."

„Warum rufst du immer das Unglück herbei", schalt der Weber, aber er wandte die Augen ab. „Mary wird schon heimkommen. Warte nur, bis der Schnee geschmolzen ist."

Dann schlurfte er an seinen Webstuhl und machte sich an die Arbeit. Das Herz krampfte sich ihm zusammen, wenn er daran dachte, was er angerichtet hatte.

Der Schnee schmolz, auf dem Fluß schwammen die Eisschollen. Die Weidenbäume am Ufer wurden grün, und die Töchter kamen nicht zurück.

Es dauerte nicht lange, und der Frau des Webers wurde ein Sohn geboren, der lachte die Mutter bald fröhlich an, und so sehnte sich die Webersfrau immer seltener nach ihren Töchtern.

Der Sohn wuchs mit den Jahren zu einem stattlichen Jüngling heran.

Eines Abends, als er aus dem Wald zurückkehrte, saß die Mutter vor dem Feuer und weinte.

„Warum weinst du, Mutter?" fragte der Sohn.

„Ach, ich sehne mich nach meinen Töchtern", antwortete die Mutter. Da bat der Jüngling so lange, bis sie sich überreden ließ und ihm von seinen drei Schwestern erzählte.

Ein ganzes Jahr lang überlegte der Jüngling. Dann sprach er: „Ich will gehen und so lange suchen, bis ich meine Schwestern gefunden habe."

Die Eltern versuchten, ihn zurückzuhalten. Sie hatten Angst, am Ende würde auch der Sohn nicht wiederkehren.

Aber der Sohn ließ sich von seinem Vorhaben nicht abhalten.

Also gab ihm die Mutter einen neuen Mantel und drei Laibe Brot und begleitete ihn unter Tränen aus dem Haus.

Der Jüngling ging durch die dichten Wälder, bis er auf einen breiten Weg kam. Da hielt er an, setzte sich unter einen Strauch, schnitt sich ein Stück Brot ab und wollte zu Abend essen.

Doch als er den ersten Bissen getan hatte, sah hinter einem Stein ein Zwerg mit einer roten Mütze hervor, der sagte: „Hier riecht es fein nach Brot. Wie lange ist es her, daß ich ein Stückchen zu kosten bekam. Möchtest du mir etwas von deinem Brot geben?"

„Warum nicht?" sagte der Jüngling, und er reichte dem Zwerg, was er begehrte.

Der Zwerg aß das Brot, warf die Krumen den Ameisen hin und sagte: „Weil du so ein gutes Herz hast, will ich dir drei Gehilfen mit auf den Weg geben. Sieh dieses Schwert, es ist so scharf, daß es einen Stein spalten kann. Und auf diesem Tuch wirst du, wenn du es ausbreitest, soviel Speise finden, wie dein Herz begehrt. Und hier hast du einen Mantel, in dem du, wenn du ihn anziehst, unsichtbar sein wirst."

Dann steckte der Zwerg das Schwert, das Tuch und den Mantel in eine Nußschale und die Nußschale dem Jungen in die Tasche.

Darauf verschwand er wieder hinter dem Stein, und zugleich ertönte ein heftiger Donner und der Erdboden öffnete sich und der Jüngling erblickte einen langen Gang. Durch diesen gelangte er vor ein prächtiges Schloß, an dessen goldenem Tor eine junge Frau stand.

„Kehre um, Jüngling", rief sie erschrocken, „wenn mein Mann nach Hause kommt, frißt er dich auf."

„Ich suche meine Schwestern", sagte der Jüngling, und er erzählte alles, was er von seiner Mutter gehört hatte.

„Ich bin deine älteste Schwester", sagte da die junge Frau und sie umarmte ihren Bruder. „Aber jetzt mußt du dich verstecken, denn mein Mann wird gleich zurückkommen."

Und richtig, kaum hatte der Jüngling sich hinter einem Rosenstrauch versteckt, ließ sich aus der Luft ein weißer Widder herab, der rief: „Wer hat es gewagt, hier einzudringen?"

„Es ist mein Bruder, er ist gekommen, mich zu besuchen. Ich will ihn herrufen, wenn du versprichst, ihm nichts zuleide zu tun."

Der Widder versprach es, und die älteste Schwester rief ihren Bruder, und er wurde reich bewirtet und erhielt ein weiches Lager.

Als der Jüngling sich am nächsten Morgen auf den Weg machte, um die zweite Schwester zu suchen, rupfte sich der Widder ein Büschel Haare aus, reichte sie dem Jüngling und sagte:

„Wenn du Hilfe brauchen solltest, so reibe die Haare nur zwischen den Fingern, und alle Widder werden wissen, was sie zu tun haben."

Der Jüngling hüllte sich in seinen Zaubermantel und ging und ging, und wenn er Hunger hatte, breitete er im Gras das Tuch aus, aß sich satt und ging wieder weiter.

Endlich erhob sich vor ihm zwischen zwei hohen Bergen eine mächtige Burg, vor deren Tor saß eine junge Frau. Kaum hatte der Jüngling den Zaubermantel abgelegt, rief sie freudig: „Du bist mein Bruder. Ich weiß es, denn drei Nächte lang habe ich von dir geträumt."

Sie umarmten einander, und die junge Frau verbarg den Bruder im Brunnen. Als es dunkel wurde, kam ein großer Lachs den Fluß heraufgeschwommen. Vor der Burg sprang er aus dem Wasser und fragte: „Wen versteckst du vor mir?“

Als die junge Frau sagte, wer gekommen sei, befahl der Lachs, dem Gast ein gutes Abendessen zu bereiten und ihm auch ein weiches Lager zu geben.

Am nächsten Morgen wollte der Lachs den Jüngling überreden, in der Burg zu bleiben, aber der wollte nichts davon wissen.

Da riß sich der Lachs eine Schuppe aus seinem Schwanz, reichte sie dem Jüngling und sagte: „Wenn du Hilfe brauchst, streiche über diese Schuppe, und alle Lachse werden wissen, was sie zu tun haben.“

Der Jüngling nahm Abschied von der Schwester und machte sich wieder auf den Weg.

Am dritten Tag gelangte er vor eine mächtige Burg, darin fand er seine jüngste Schwester.

Als es Abend wurde, ließ sich ein schwarzer Adler vom Himmel herab, und als er erfuhr, wer gekommen war, befahl er, ein gutes Abendessen zu bereiten und ein weiches Lager herzurichten.

Am nächsten Morgen, als der Jüngling Abschied nahm, riß sich der Adler eine Feder aus und sprach:

„Du hättest bei uns bleiben können. Da du aber fort willst, nimm diese Feder. Wann immer du Hilfe brauchst, strecke sie gen Himmel, und alle Adler werden das Zeichen erkennen.“

Dann erhob er sich in die Luft und verschwand hinter dem dunklen Wald.

„So hast du uns also gefunden“, sagte die jüngste Schwester zu ihrem Bruder. „Und wie du gesehen hast, hat es keine deiner Schwestern schlecht getroffen. Anders ergeht es dem schönen Mädchen in der Burg hinter dem Wald. Es wird dort von einem mächtigen Riesen gefangen gehalten.“

„Ich will sehen, was ich tun kann“, sagte der Jüngling, und er hing sich den Zaubermantel um und machte sich auf den Weg.

Als er zur Burg hinter dem Wald kam, versteckte er sich unter einem Strauch und wartete.

Gegen Abend erhob sich ein Sturm, und als der erste Donner grollte, kehrte der Riese heim.

Und gleich brüllte er das Mädchen an:

„Wen hältst du vor mir versteckt?“

„Ach, ich weiß nicht, wovon du redest“, sagte das Mädchen, und es wandte sich um und wollte in die Burg zurückkehren.

Der Riese streckte die Arme aus, um sie an den Haaren zu packen und zu schütteln.

Da sprang der Jüngling in seinem Zaubermantel hinter dem Strauch hervor, zog sein Schwert und hieb auf den Riesen ein, der wehrte sich heftig.

Die ganze Nacht rangen sie miteinander, aber der Riese unterlag nicht, und der Jüngling konnte sich vor Müdigkeit kaum noch aufrecht halten. Darum beschloß er, sich bis zum Mittag auszuruhen.

Auch der Riese fiel in einen tiefen Schlaf. Als er erwachte, rief er das Mädchen und sagte:

„Dein unsichtbarer Beschützer versteht es gut, mit dem Schwert umzugehen. Aber was nützt ihm das! Überwinden wird er mich niemals, denn er weiß nicht, daß mein Herz im Ei der Wildente verborgen ist, die auf dem See im schwarzen Wald schwimmt.“

Als er dies gesagt hatte, legte sich der Riese wieder ins Gras und schlief weiter.

Der Jüngling hatte aber alles mitangehört. Schnell rieb er die Lachsschuppe zwischen den Fingern, und sogleich sprangen alle Lachse aus ihren Gewässern in den See im schwarzen Wald. Die jagten so lange der Wildente nach, bis es ihnen gelang, sie zu fangen und in eine eiserne Truhe zu sperren.

Aber sie verloren den Schlüssel zu der Truhe.

Da rieb der Jüngling die weißen Haare des Widders zwischen den Fingern, und alle Widder stürmten herbei. Einer nach dem anderen rannte gegen die eiserne Truhe an, und dem letzten gelang es, sie aufzubrechen.

Aber die Wildente flog aus der Truhe und verschwand hinter dem Wald.

Da schwang der Jüngling die Adlerfeder, und alle Adler flogen herbei und verfolgten die Ente, und der größte Adler holte sie ein und entriß ihr das Ei.

Im gleichen Augenblick hörte das Herz des Riesen zu schlagen auf.

Nun warf der Jüngling seinen Mantel ab, nahm das Mädchen bei der Hand und begab sich mit ihm zur jüngsten Schwester.

Und siehe, statt des schwarzen Adlers begrüßte sie vor dem Burgtor ein König in einem schwarzen Mantel. Sieben Jahre war er verzaubert gewesen. Jetzt war der Zauber gebrochen.

Neun Tage lang gab es auf der Burg ein fröhliches Fest, und am zehnten Tag begaben sich alle zur mittleren Schwester, zur Burg des Lachses.

Vor dem Tor begrüßte sie aber statt des Lachses ein König in einem braunen Mantel.

Neun Tage lang gab es auf der Burg ein fröhliches Fest, und am zehnten Tag begaben sich alle zur ältesten Schwester, zum Schloß des Widders.

Und vor dem Tor begrüßte sie statt des Widders ein König in einem weißen Mantel. Wie seine beiden Schwäger war auch er sieben Jahre zuvor von einem Waldgeist verwandelt worden.

So gab es noch einmal neun Tage lang ein großes Fest. Am zehnten Tag aber nahm der Jüngling wieder das schöne Mädchen bei der Hand und lief mit ihm bis zu der Stelle, an der ihm der Zwerg das Schwert, das Tuch und den Mantel gegeben hatte.

Der Jüngling brauchte die drei Dinge nun nicht mehr, darum gab er sie dem Zwerg mit vielen Dankesworten zurück.

Bald darauf wurde in der Hütte des Webers Hochzeit gefeiert. Und als alle gegessen und getrunken hatten, erzählten der Weber, die Webersfrau, der Bruder und die drei Schwestern einander noch einmal ihre Geschichte, so — wie wir sie nun auch kennen.

DIE AMEISEN

Am Anfang war Wasser. Nichts als Wasser.

Das Meer war die Welt, die Welt war das Meer.

In dem Meer lebten zwei Indianer, Tschajpakomat und Kokomat. Sie waren Brüder. Sie sahen nichts, sie fürchteten, die Augen aufzumachen, damit ihnen nicht Salz hineinkam.

Eines Tages schwamm Tschajpakomat an die Oberfläche, steckte den Kopf aus dem Wasser und öffnete die Augen. Und er sah nichts als Wasser, weit und breit nur dunkles Meer.

Der jüngere Bruder Kokomat konnte es nicht erwarten, daß Tschajpakomat zurückkam und schwamm ihm nach. Aber da er ungeduldig war, öffnete er die Augen, noch ehe er an der Oberfläche auftauchte, und das Wasser machte ihn blind.

„Mit dem Wasser müssen wir etwas machen“, sagte der ältere Bruder.

Er schöpfte Meerschaum in die hohle rechte Hand warf ihn über den Wasserspiegel.

Sogleich verwandelte sich der Schaum in rote Ameisen.

„Sieh nur“, rief Tschajpakomat lachend, und er schöpfte und schöpfte und warf den Meerschaum weiter über den Wasserspiegel, bis es so viele Ameisen waren, daß sie das Wasser verdrängten.

So entstand die Erde.

Dann schöpfte Tschajpakomat den Meerschaum in die linke Hand, und aus seiner Hand flogen Flamingos auf.

Aber über dem Meer lag Finsternis, und darin verloren sich die Flamingos.

„Wir müssen ihnen Licht herbeischaffen“, sagte sich Tschajpakomat.

Er nahm einen Mundvoll Wasser und spuckte es in die Höhe.

So entstand der Mond.

Aber er strahlte nur sehr wenig Licht aus. Über dem Meer lag immer noch Halbdunkel.

Tschajpakomat nahm also mehr Wasser in den Mund und spuckte es noch höher als vordem.

Und da erstrahlte am Himmel die Sonne, und auf der ganzen Welt wurde es hell.

WARUM SICH DAS KANINCHEN IM LOCH VERBIRGT

„Meine Kinder verdursten", jammerte der Bär. „Bruder Wolf, weißt du nicht, wo ich ein wenig Wasser für sie auftreiben könnte?"

„Es steht schlimm, sehr schlimm, Bruder Bär", winselte der Wolf, „alle Bäche sind ausgetrocknet, alle Quellen sind versiegt, schon drei Tage lang irre ich im Wald umher, vor Durst ist mir schon ganz schwindelig."

„Wie, wenn wir die Wildgänse fragten? Vielleicht wissen sie etwas!" sagte der Bär.

Aber weder die Wildgänse noch die Schwäne, nicht einmal die weise Ente wußten etwas.

Und so berief der alte Schakal sämtliche Tiere zu einer Versammlung auf der Waldschneise ein. Die Tiere berieten und überlegten lange, was zu tun sei, damit sie nicht verdursteten.

Es wurde entschieden, einen tiefen Brunnen zu graben.

Nur das Kaninchen rief: „Wozu soll ich mich abrackern? Ich werde schon nicht verdursten!"

„Wenn du uns nicht helfen willst, darfst du auch nicht aus unserem Brunnen trinken!" entschied der Bär und machte sich sogleich an die Arbeit, und alle Tiere halfen ihm.

Sie gruben und gruben, bis sie auf eine Quelle stießen.

Bis zum Morgen war der Brunnen voll mit frischem Wasser.

Den ganzen Tag kamen die Tiere von weither, um ihren Durst zu stillen.

In der Frühe des darauffolgenden Tages ging der Bär zum Brunnen. Und sieh mal an! Im Schlamm rings um den Brunnen, entdeckte er eine Menge Kaninchenspuren!

Der Bär rief gleich die Tiere zusammen: „Das Kaninchen wollte uns nicht bei der Arbeit helfen, und jetzt stiehlt es unser Wasser! Wer soll in der Nacht am Brunnen Wache halten?"

„Bruder Bär, du bist der Stärkste unter uns", sagte die Eule, „wache du über das Wasser!"

„Na gut", sagte der Bär, und er legte sich am Abend neben den Brunnen und hielt Wache.

Aus dem Wald schlich aber das Kaninchen herbei und begann zu singen. Und es sang so lieblich, daß es den Bären in den Schlaf wiegte. Am Morgen kamen die Tiere an den Brunnen und wunderten

sich sehr: ihr Bruder Bär schlief wie ein Sack, und rings um den Brunnen sah man wieder eine Menge Kaninchenspuren!

„Da hast du ja fein gewacht!" riefen die Tiere ärgerlich. „Das Kaninchen hat schon wieder von unserem Wasser gestohlen!"

Am Abend hielt der Wolf am Brunnen Wache.

Aus dem Wald schlich aber erneut das Kaninchen herbei und begann zu singen. Und es sang so lieblich, daß der Wolf nicht widerstehen konnte und zu tanzen begann. Er tanzte und tanzte, und das Kaninchen lief zum Brunnen und trank nach Herzenslust.

Am Morgen trafen sich die Tiere beim Brunnen, und sie wußten nicht, ob sie lachen oder schelten sollten, denn der Wolf tanzte immer noch um den Brunnen herum, und im Schlamm sah man wiederum eine Menge Kaninchenspuren.

„Ich will euch einen Rat geben“, sagte das graue Eichhörnchen. „Machen wir ein Männchen aus Fichtenharz, es soll statt unser wachen!“ Sie kneteten also ein Männchen aus dem Harz einer Fichte und stellten es abends an den Brunnen.

Kaum war es dunkel geworden, schlich sich aus dem Wald das Kaninchen heran und begann zu singen.

Das Männchen aus Fichtenharz rührte sich nicht.

Das Kaninchen wurde böse. Es hopste ganz nahe an das Männchen heran und fauchte: „Was stehst du da, als wärst du aus Stein? Wenn du nicht sofort vom Brunnen weggehst, zieh ich dir eins über, daß dir Hören und Sehen vergeht!“

Das Männchen aus Fichtenharz rührte sich nicht.

Da schlug das Kaninchen mit der rechten Vorderpfote drauflos. Aber oje — die rechte Vorderpfote blieb daran kleben.

„Also du willst dich nicht wegrühren?“ rief das Kaninchen zornig und es schlug mit der linken Vorderpfote auf das Männchen los.

Und oje — die linke Vorderpfote blieb an dem Männchen kleben!

„Du willst also absolut nicht hören?“ rief das Kaninchen wütend, und es schlug mit der rechten Hinterpfote auf das Männchen ein.

Und die rechte Hinterpfote blieb daran kleben.

Das Kaninchen verlor endgültig den Kopf. Mit aller Wucht schlug es mit der linken Hinterpfote auf das Männchen ein.

Aber das Männchen rührte sich nicht.

Am Morgen kamen die Tiere an den Brunnen und wunderten sich nicht schlecht: Das Kaninchen klebte an dem Männchen aus Harz und hatte vor Zorn ganz rote Ohren.

Alle brachen in Gelächter aus. „Nun haben wir es ihm aber gehörig gegeben“, sagte der Bär, und er befreite das Kaninchen.

Das Kaninchen rannte davon, als brenne ihm der Boden unter den Pfoten und verschwand in seinem Bau.

Seit jener Zeit hat niemand mehr das Kaninchen singen gehört. Und tagsüber läßt es sich auch nicht mehr blicken, denn es fürchtet das Gelächter der anderen Tiere.

DER VERZAUBERTE WALD

Im tiefen Sequoienwald lebte in einer Felsenhöhle eine alte Hexe. Manche Hexen verderben mit ihrem Atem das Wasser der Waldquellen und machen es ungenießbar. Andere kämmen sich Nebelschwaden aus den Haaren und werfen sie den Wanderern in den Weg, damit sie sich verirren.

Die Hexe aus der Felsenhöhle hängte hölzerne Käfige an die Bäume. Sie verwandelte Mädchen in Vögel und sperrte sie in die Käfige.

Die Holzfäller, die um Mittag auf der Waldschneise ausruhten und dem Gesang der Vögel lauschten, ahnten nicht, daß es die Stimmen der Mädchen waren.

Eines Tages ging die schöne Melinda mit Jonathan, ihrem Bräutigam, am Waldrand spazieren.

„In den Wald wollen wir aber lieber nicht gehen", sagte Jonathan. „Man hört allerlei von einer Hexe, die dort leben soll."

„Ach, ein paar Schritte nur, die schöne gelbe Blume unter der Sequoie dort will ich pflücken", sagte Melinda, und sie lief in den Wald.

Jonathan zögerte ein wenig, aber dann ging er seiner Braut doch nach.

„Ach, die blaue Blume noch!" rief Melinda und lief weiter in den Wald hinein.

Nachdem sie die blaue Blume gepflückt hatte, entdeckte sie eine rote und danach eine weiße. Melinda lief weiter und weiter, immer tiefer und tiefer in den Wald hinein, und ihr Bräutigam folgte ihr.

Die alte Hexe wußte sehr wohl, wie man die jungen Mädchen am besten anlockte. Sie pflanzte im Wald jeden Morgen die schönsten Blumen.

Und in den Käfigen sangen lieblich die Vögel.

Melinda ging wie im Traum den Blumen und dem Gesang nach.

„Laß uns umkehren“, sagte Jonathan zu Melinda, als sie vor einem hohen Felsen angelangt waren.

„Nur noch das blaue Blümchen vor der Höhle dort will ich pflücken“, sagte Melinda.

Kaum aber hatte das Mädchen die Blume berührt, kam aus der Höhle die alte Hexe, faßte es bei der Hand und verwandelte es in einen Vogel.

Die Hexe öffnete einen leeren Käfig, setzte den Vogel hinein und hängte den Käfig an eine Sequoie.

Sieben Tage verbrachte Jonathan, ohne daß er ein Auge zutat, unter dem Baum. Dann machte er sich auf und zog in die weite Welt hinaus. Er ging und ging und dachte auf Schritt und Tritt nur an Melinda, die von der Hexe in einen Vogel verwandelt worden war.

Auf seinem Weg fragte er jeden, der ihm begegnete, ob er ein Mittel wüßte, mit dem er seiner Braut helfen könne, denn sobald er dem Baum, an dem der Vogelkäfig hänge, berührt habe, sei er nicht einmal mehr imstande gewesen, einen Finger zu rühren. Aber niemand wußte ihm zu raten.

„Einer Hexe ist nicht beizukommen“, sagten die Farmer, und die Holzfäller schüttelten die Köpfe und meinten: „So eine Hexe ist gerissener als wir alle zusammen, mit der wird man nicht fertig.“

Einmal übernachtete Jonathan bei einem alten Müller. Und dieser sah seinem Gast schnell an, daß er einen großen Kummer mit sich herumtrug.

„Hör mal“, sagte er zu Jonathan, „mir scheint, daß dir etwas Schlimmes zugestoßen ist. Willst du es mir nicht erzählen?“

„Ach, Ihr könnt mir doch nicht helfen“, sagte Jonathan seufzend. „Aber wenn Ihr es unbedingt wissen wollt: In einem Sequoienwald gibt es eine Hexe und die hat meine Braut in einen Vogel verwandelt und in einen Käfig gesperrt.“

„Wenn es weiter nichts ist“, sagte darauf der Müller, „so weiß ich dir wohl zu raten. Gehe und suche die Blume mit dem blauen Tautropfen. Hast du sie gefunden, mußt du sie vorsichtig in den Sequoienwald tragen, damit der blaue Tautropfen nicht auf die Erde fällt. Wenn der Vogel im Käfig den Tau trinkt, wird er sich wieder in deine Braut zurückverwandeln.“

Sieben Jahre zog Jonathan durch die Welt und suchte die Blume mit dem blauen Tautropfen.

An einem Teich fand er einige mit grünen Tautropfen. Da hatten in der Nacht die kleinen Wassernixen so ausgelassen gespielt und getollt, daß ihnen der grüne Tau aus den Haaren getropft war.

Immer wieder fand er in den Blumen farbige Tautropfen, gelbe, rote, violette, nur die Blume mit dem blauen Tautropfen war und war nicht zu finden.

Einmal übernachtete Jonathan unter einem Sequoienbaum.

„Wach auf, wach auf", winkte ihm im Schlaf Melinda zu, „ich bin hier, bei dir!"

Jonathan sprang auf und tastete im Dunkeln um sich. Aber bald ließ er die Hände sinken. Er war allein, nur die Blätter des Baumes rauschten leise im Wind.

So legte er sich noch einmal schlafen. Doch als er am Morgen erwachte, sah er zu seinen Füßen eine weiße Blume, und in ihrem Kelch glitzerte ein blauer Tautropfen.

Freudig bückte er sich, pflückte vorsichtig die Blume und barg sie in der hohlen Hand, damit der blaue Tautropfen ja nicht auf die Erde fiel.

Ein Jahr verging, und Jonathan hatte all die Zeit auch aufpassen müssen, daß die Sonne ihm nicht den blauen Tautropfen nahm. Darum schlief er bei Tag und wanderte in der Nacht.

Eines Tages war er nun wieder am Rand des alten Sequoienwaldes angelangt. Aber er wartete die Nacht ab, in der alle Vögel in ihren Käfigen schliefen.

Als die Sterne am Himmel standen, lief Jonathan zu der Höhle, in der die Hexe hauste. Vor der Höhle stand die silbrige Sequoie, und in ihren Zweigen hing noch immer der Käfig.

Die ganze Nacht lang wartete Jonathan geduldig. Er wartete auf den Morgen. Als es zu dämmern begann und sich im Osten der Himmel rot färbte, trat er an den Käfig heran.

Der Vogel erwachte, und im selben Augenblick ging am Horizont die Sonne auf, und der blaue Tautropfen in der Blume schillerte wie eine Perle.

Da streckte der Vogel seinen Kopf aus dem Käfig heraus und trank den Tautropfen. Und die Tür des Käfigs sprang auf, und vor Jonathan stand die schöne Melinda.

Zugleich erhob sich ein eiskalter Wind, der Felsen barst donnernd entzwei, und aus der Höhle kroch eine schwarze Kreuzotter heraus.

Nun war alle Macht der Hexe gebrochen. Die Käfige fielen einer nach dem anderen ins Moos, öffneten sich, und die Vögel flogen heraus und verwandelten sich in lauter junge Mädchen. Sie geleiteten Melinda und Jonathan ins Dorf, und allen, denen sie begegneten, mußten sie erzählen, wie es angefangen hatte, und wie es weitergegangen war.

DER ZAHNSTOCHER

Der Holzfäller Sol Shell wohnte in einer Hütte am Fuß des Föhrengebirges.

Eines Morgens erwachte er und staunte — in der Stube war es stockdunkel. Er ging zur Tür um sie zu öffnen, aber die Tür ging nicht einen Spaltbreit auf, denn die Hütte war bis zum Schornstein mit Schnee bedeckt.

Also ging Sol Shell nachschauen, wie es um den Holz- und Lebensmittelvorrat bestellt war. Mit dem Holz konnte er drei Tage, mit der Nahrung eine Woche lang auskommen.

Am vierten Tag mußte er, um den Kamin heizen zu können, die Stühle und Wandbretter zerhacken.

Nach einer Woche konnte er es in der Stube vor Kälte und Hunger nicht mehr aushalten.

Sol Shell mußte etwas unternehmen. Aber was?

Er riß das Rohr aus dem Ofen, nahm die Axt und kletterte durch den Schornstein aufs Dach. Oben angelangt, steckte er, um atmen zu können, das Ofenrohr durch die Schneewächte und schaufelte mit der Axt einen schmalen Gang.

Mit Mühe und Not befreite er sich aus den Schneemassen und schaute sich um. Ringsumher war nichts als Schnee, alle Häuser in der Umgebung waren verschüttet, nur die Spitzen der Fichten und Tannenbäume sahen aus dem Weiß hervor. Eine Fichte aber stand am Berghang, der Wind hatte den Schnee rings um ihren Stamm weggeweht.

Diese Fichte wollte Sol Shell fällen.

Er hielt sich an den Spitzen der Föhren und Tannen fest, um nicht in den Schnee einzusinken, und es gelang ihm schließlich, bis an den großen Baum heranzukommen.

Er schaute hinauf. In den Ästen hingen ein paar Waschbären.

Als es nicht aufgehört hatte zu schneien, waren sie auf die Fichte gekrochen, dort dann aber erfroren.

‚Also habe ich Holz fürs Feuer gefunden und einen Braten für die Pfanne', sagte sich der Holzfäller.

Er schüttelte die Waschbären von den Zweigen herunter, band ihnen die Schwänze zusammen und machte sich an den Baum.

Er fällte ihn und sägte alle Zweige ab.

Der kahle Baumstamm kam aber ins Rollen und war nicht aufzuhalten.

„Ich bin doch ein Dummkopf", beschimpfte der Holzfäller sich selbst, „diese paar Zweige bleiben hier und der Stamm rollt mir davon." Also band er die Äste mit einem Strick zusammen, warf die Waschbären obenauf und schleppte die Vorräte den Hang hinunter. Auf einmal hörte er ein sonderbares Donnern und schaute zur Seite: der kahle Baumstamm wälzte sich ein Stück am gegenüberliegenden Hang hinauf, hielt an und rollte ins Tal zurück und wiederum den Hang unter dem Föhrengebirge hoch.

Vergeblich versuchte der Holzfäller den Stamm aufzuhalten. Wenn er an ihm vorbei den Hang hinunterkollerte, holte er mit der Axt aus und schlug zu, aber der Baumstamm rollte so schnell vorüber, daß sich die Axt in den Schnee verbohrte anstatt ins Holz, und ehe er sie wieder freibekam, war der Stamm schon wieder am gegenüberliegenden Hang.

Nach mehreren erfolglosen Versuchen blieb Sol Shell nichts anderes übrig, als sich den Strick wieder auf die Schulter zu werfen und wenigstens das in die Hütte zu bringen, was ihm verblieben war — ein paar Fichtenzweige und ein ausgiebiger Fleischvorrat.

Drei Tage und drei Nächte lang donnerte es unter dem Föhrengebirge, drei Tage und drei Nächte lang rollte der Baumstamm die Hänge hinauf und hinunter, als wäre er das Spielzeug eines Riesen, der im Winter Langeweile hatte.

In der eingeschneiten Hütte saß der Holzfäller Sol Shell und briet sich das Fleisch der Waschbären. Im Kamin prasselte das Feuer, alles war schön und gut.

Aber am vierten Tag war das Holz zu Ende. Und Sol Shell mußte den Tisch zerhacken und die Bretter aus den Dielen reißen und damit Feuer machen, um nicht zu erfrieren.

Eines Morgens, als er das letzte Stückchen Fleisch aufgegessen hatte und sich anschickte, das Bett zu zersägen, hörte er vor der Tür ein leises Pochen. Von den Eiszapfen fielen die Tropfen auf die Türschwelle herunter, es war Tauwetter!

Mittags konnte der Holzfäller schon durch die Tür aus der Hütte schlüpfen. Er zögerte nicht einen Augenblick und lief in den Laden, Mehl, Fleisch, Kaffee und Zucker zu kaufen.

Da fiel ihm auf, daß er den Fichtenstamm, der von Hang zu Hang gerollt war, weder hörte noch sah. Nur ein leises Rascheln erklang aus dem Tal, als flüsterte der Wind den Bäumen ein Geheimnis zu.

Er ging nachschauen und hielt staunend an — statt des mächtigen Baumstammes rollte ein Stückchen Holz, kaum mehr als fünf Zentimeter lang, hinauf und herunter.

Der Baumstamm hatte sich beim Rollen so abgeschliffen, daß nichts als ein dünnes Holzspänchen von ihm übriggeblieben war.

Noch heute, wenn sich die Holzfäller, Jäger und Farmer aus der Umgebung treffen, zieht der alte Shell einen hübsch geglätteten Zahnstocher aus der Westentasche.

Er ist so hart, so glatt gewälzt, daß er sämtliche Gelage überdauert hat, alle voll beladenen Schüsseln mit Hirschkeulen und Bärentatzen. Wie denn auch nicht? Dieser Zahnstocher ist doch einmal ein Fichtenstamm gewesen, der eine Woche lang an den Hängen des Föhrengebirges abgeschliffen worden war.

WARUM AN DER KIEFER ZAPFEN WACHSEN

So weit das Auge reichte war Wüste. Nicht ein Grashalm wuchs, nur Felsen ragten zum Himmel empor.

Der Geist des Westwindes langweilte sich. Er sog Luft in die Lungen, und als er ausatmete, hatte er den Mann und die Frau geschaffen.

Er gab ihnen die Namen Atam und Im.

Tag für Tag ging er die beiden besuchen und saß und sprach mit ihnen am Feuer.

In einer tiefen Felsenschlucht hauste aber ein Kobold, der hatte nichts zu tun, und so langweilte er sich. Eines Tages machte er aus Meerschaum ein weißes Pferd und schickte es zu Atam und Im.

„Sieh nur, das ist der Große Häuptling, er ist ganz weiß“, flüsterte Im und wies auf das weiße Pferd.

„Ach was, das ist nicht der Große Häuptling“, sagte Atam.

Das Pferd blieb mit erhobenem Kopf vor ihnen stehen, in seinen Augen leuchteten Sterne.

Atam betrachtete es nachdenklich und sagte schließlich: „Du hast recht, Im, es ist der Große Häuptling.“

An einem Regenbogen ließ sich der Geist des Westwindes herab und rief: „Geht dem Pferd nicht zu nahe. Der Kobold aus der Felsenschlucht hat es geschaffen, damit es euch zertrampelte.“

Dann trat der Geist des Westwindes an das Pferd heran, betrachtete es lange und sagte schließlich: „Wenn das Pferd nun schon einmal auf der Welt ist, können wir es nicht wieder wegjagen. Es soll den Menschen Nutzen bringen.“

Er schaute dem weißen Pferd fest in die Augen und sprach: „Du sollst dem Menschen, deinem guten Freund, ein treuer Diener sein!“

Der Kobold, der alles mit angesehen und mit angehört hatte, war wütend. Aber er wollte nicht aufgeben.

Er schickte eine Bremse, die das Pferd beißen sollte.

„Du gibst also keine Ruhe“, sagte der Geist des Westwindes kopfschüttelnd.

Dann erhob er seine rechte Hand, und aus dem Wüstenboden wuchs Riedgras empor.

Er riß eine Handvoll fester Halme aus der Erde, machte daraus einen Pferdeschwanz und riet dem weißen Pferd: „Mit dem Schwanz verjage die Bremsen, damit sie dich nicht beißen.“

Aber die Bremse flog hoch und setzte sich auf den Nacken des Pferdes.

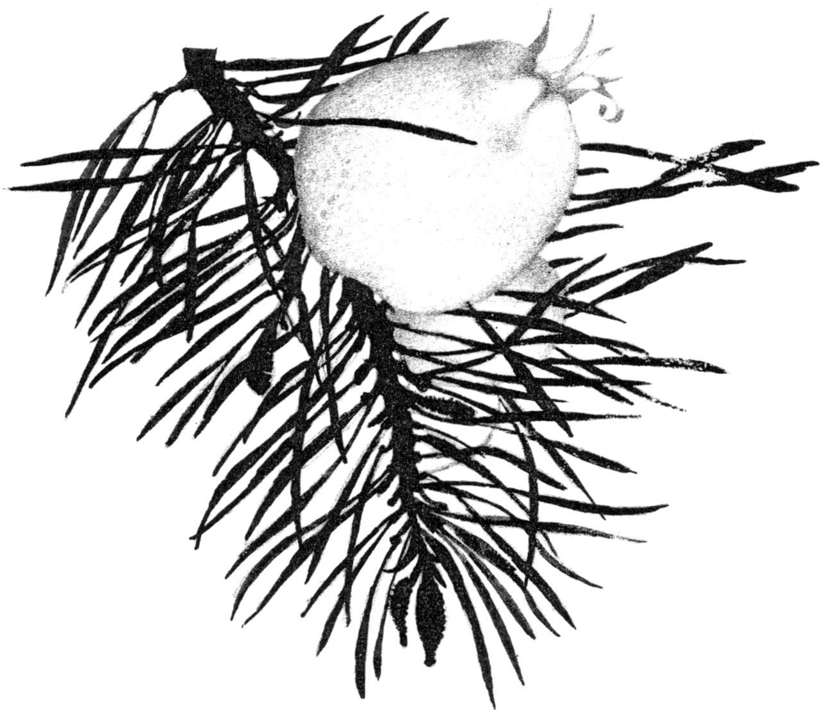

Der Geist des Westwindes riß noch eine Handvoll Gras aus der Erde und machte dem Pferd eine Mähne daraus.

„Jetzt kannst du dich satt weiden“, sagte der Geist des Westwindes. Danach machte er eine ausladende Bewegung mit der linken Hand, und die Steppe wurde grün. Gras, saftiges, hohes Gras duftete und blühte ringsumher.

Und das Pferd beugte den Kopf ins Gras und weidete.

Der Geist des Westwindes lächelte, er war zufrieden mit dem

guten Werk, das er vollbracht hatte, und ging fort. Nach einer Weile kam er zurück und sprach mit erhobenem Finger zu Atam und Im: „Eßt aber von keinem Obst, solange ich euch noch nicht geraten habe, welches am bekömmlichsten ist."

Damals reifte an allen Bäumen Obst. Auch die Kiefern und die Weidenbäume trugen saftige Früchte.

Atam und Im warteten geduldig, daß der Geist des Westwindes zurückkäme, um ihnen zu raten, welches Obst am bekömmlichsten sei.

Der Kobold in der Felsenschlucht hatte aber immer noch Langeweile. Er gähnte in einem fort.

Plötzlich klopfte er sich an die Stirn und lachte, daß die Berge barsten und sie Feuer und Schwefeldampf spien.

„Jetzt will ich mich ein wenig unterhalten."

Dann ging er zu Atam und Im und pflückte eine große reife Frucht von einer Kiefer: „Eßt sie nur, der Geist des Westwindes ist ein Geizhals. Das beste Obst will er für sich selbst haben, darum erlaubt er nicht, daß ihr euch selber pflückt, was ihr wollt."

Im nahm die reife Frucht und aß. Sie steckte auch Atam ein Stückchen in den Mund, und er aß auch.

Der Kobold frohlockte, er rieb sich die Hände und lief davon.

Im gleichen Augenblick verwandelten sich die Früchte der Kiefer in lauter kleine, ausgetrocknete Zapfen.

Als am Abend der Geist des Westwindes kam und sah, was geschehen war, schickte er Im zu dem Kobold: „Geh, du Ungeduldige, Ungehorsame, zur Strafe sollst du von nun an mit dem Bösen leben!"

Dann nahm er Atam eine Rippe und schuf ihm daraus eine neue Frau.

DER REISENDE UND DER SCHANKWIRT

Es dämmerte bereits, der Regen fiel ausdauernd vom düsteren Himmel. Auf dem schlammigen Weg zwischen den Maisfeldern stolperte ein Pferd, auf seinem Rücken saß ein fröstelnder Reiter.

Schon zwei Tage war er in dem Unwetter unterwegs, hatte Hunger und Durst, und nirgends war er einer Menschenseele begegnet. Vergeblich hatte er nach einer Farm gesucht, wo er sich hätte die Kleider trocknen, etwas essen und übernachten können.

Nun erblickte er zwischen Bäumen versteckt eine Schenke, auf der Veranda saß der Wirt und fiedelte auf einer Geige.

Der Reiter sprang vom Pferd und grüßte.

Der Wirt nickte und spielte weiter.

„Könnte ich nicht bei Euch übernachten?"

„Ja, das heißt nein", brummte der Wirt und spielte weiter.

„Und ein Tröpfchen Whisky fände sich auch nicht bei Euch?"

„Whisky fände sich, hätte ich ihn gestern nicht ausgetrunken . . ."

Der Reisende seufzte: „Ich habe mächtigen Hunger, seit gestern hatte ich keinen Bissen im Mund. Sicher habt ihr etwas in der Speisekammer."

Der Wirt schüttelte den Kopf. „Im ganzen Haus gibt es nicht eine Prise Mehl, nicht einmal einen abgenagten Knochen. Alles aufgegessen."

„Und für mein Pferd — ein wenig Mais?"

Der Wirt spielte weiter. „Wir haben nicht ein Körnchen Mais."

„Wie weit ist es denn bis zur nächsten Behausung?" fragte der Reisende.

Der Wirt hob den Kopf und legte den Geigenbogen zur Seite.

„Hört mal zu, Fremdling, woher sollte ich das wissen? Ich war noch niemals so weit weg."

„Wißt Ihr wenigstens, wer in diesem Gasthaus wohnt?" fragte der Reisende verärgert.

„Aber ja doch", nickte der Wirt.

„Darf ich fragen, wie Ihr heißt?"

„Wie ich heiße? Oh, ich könnte wohl Richard heißen, oder David — aber ich heiße weder Richard noch David."

Der Reisende seufzte tief auf: „Herr Wirt, könntet Ihr mir vielleicht verraten, wohin dieser Weg führt?"

„Dieser Weg führt nirgendwohin und hat niemals irgendwohin geführt", antwortete der Wirt. „Jedesmal wenn ich erwache und hinausschaue, sehe ich, daß dieser Weg an unserem Hoftor endet."

„Und wo teilt sich der Weg?" fragte der Reisende verzweifelt.

Der Wirt lachte. „Wozu sollte sich der Weg teilen, wenn niemand da ist, der sich um ihn streitet."

„Nun, so laßt mich hier bei Euch übernachten und mein Pferd an diesen Baum anbinden?"

Der Wirt fiedelte weiter und brummte: „Ins Haus regnet es herein. Nur ein einziges trockenes Plätzchen ist geblieben, und da schlafen wir, ich und meine Frau Sal. Und das Pferd dürft Ihr keinesfalls an den Baum binden. Es würde die Maulbeeren herunterschütteln, und Sal könnte keine Marmelade machen. Sal liebt Maulbeermarmelade."

„Wenn es ins Haus hineinregnet, warum bessert Ihr da nicht das Dach aus?" fragte der Reisende verwundert.

„Weil es regnet."

„Und warum repariert Ihr das Dach nicht bei Schönwetter?"

„Wenn es schön ist, regnet es doch nicht herein."

„Und wie lebt Ihr hier sonst?"

„Danke der Nachfrage, es geht", brummte der Wirt. „Und wie geht es Euch?"

„So war das nicht gemeint", erklärte der Reisende, „ich wollte fragen, wovon Ihr lebt?"

„Ich verkaufe Speise und Trank an die Reisenden, wie jeder Schankwirt."

„Das wundert mich, ich bettele nämlich schon eine halbe Stunde lang, mir etwas zu essen und zu trinken zu geben!"

„Ich habe Euch doch schon gesagt, daß Ihr in dieser Schenke weder eine Krume Brot noch einen Tropfen Whisky findet", sagte der Wirt mürrisch und fiedelte weiter.

„Das ist aber wirklich ärgerlich", seufzte der Reisende, und nach einer Weile setzte er hinzu: „Und warum, frage ich Euch, spielt Ihr die ganze Zeit nichts anderes als dieses eine Liedchen und auch das nie bis zu Ende?"

„Weil ich nicht weiß, wie es endet. Und Ihr? Könnt Ihr Geige spielen?"

„Nicht mehr als ein wenig."

Der Wirt hörte zu spielen auf, blickte den Reisenden mißtrauisch an und sagte grinsend: „Ihr seht nicht danach aus, als könntet Ihr damit umgehen, aber versucht es nur mal!"

Dann reichte er dem Reisenden die Geige.

Und der Reisende preßte die Geige unters Kinn, nahm den Bogen und spielte ein Liedchen von Anfang bis zu Ende.

Der Wirt sprang vom Sessel hoch.

„Seid herzlich willkommen, Fremdling!" Und: „Sal! Sal!" schrie er durch die halboffene Tür ins Haus, „sitz doch nicht da wie die Glucke auf den Eiern! Spring schnell in den Keller und schneide ein Stück von der Hammelkeule ab und wirf das Fleisch gleich in die Bratpfanne, damit dieser Gentleman nicht so lange aufs Essen warten muß. Und hinter meinem Bett steht ein Fäßchen Whisky. Füll eine große Kanne davon ab."

Dann lief der Wirt hinter die Schenke und rief: „Tilda, führ unsern Maulesel aus dem Stall und binde ihn am Zaun fest. Wirf ihm einen leeren Sack über. Dann bring das Pferd dieses Herrn da in den Stall und gib ihm ordentlich zu fressen!"

Die Schenke wurde plötzlich lebendig, der Wirt teilte nach allen Seiten Befehle aus: „Richard, wirf den Kater aus der Brotkiste, dort hat er nichts zu suchen, er soll in der Scheune schlafen und Mäuse fangen. Und nimm das Tischtuch, in das wir den Speck gewickelt haben, und deck den Tisch in der Schenke, damit der Herr sieht, wie wir unsere Gäste zu bewirten wissen."

Die Frau Wirtin steckte den Kopf zur Tür herein: „Ich kann das Messer nicht finden. Womit wird der Herr das Fleisch zerschneiden?"

„Nimm das Messer, mit dem ich den Hammel geschlachtet habe! Es liegt bestimmt in der Kammer. Du hast doch am Nachmittag damit die Melonen aufgeschnitten, weißt du's denn nicht mehr?"

Als der Schankwirt allen Arbeit zugeteilt hatte, wandte er sich an den Reisenden: „Ihr müßt schon entschuldigen, Fremdling, wenn ich mich Euch so lange nicht habe widmen können. Aber Ihr sollt für alles entschädigt werden. Ihr könnt bei uns bleiben, so lange Ihr wollt, Ihr werdet reichlich zu essen und zu trinken bekommen. Möchtet Ihr auch Kaffee zum Abendessen? Nun, da sage ich Euch, Kaffee haben wir keinen. Aber wie wär's mit einer Tasse Kräutertee? Wenn man Zucker hineingibt, schmeckt er weitaus besser als der bittere Kaffee. Warum spielt Ihr nicht weiter? Um das Nachtlager braucht Ihr Euch nicht zu sorgen, schlafen könnt Ihr bei uns, wohin solltet

Ihr auch jetzt bei Nacht noch reiten?"

Als der Gast gegessen und getrunken hatte, erhob er sich vom Tisch und sagte: „Herr Wirt, sagt mir, wie ich morgen von hier weiterkomme?"

„Morgen", grinste der Wirt verächtlich, „aus diesem verflixten Nest kommt Ihr nicht einmal in einem Monat fort. Was fällt Euch nur ein? Aber wenn Ihr es trotz allem wagen wollt, auf diesem verteufelten Weg weiterzureiten, werde ich es Euch erklären. Also, hört gut zu."

Und der Wirt legte los: „Seht Ihr die große Pfütze? Durch diese Pfütze müßt Ihr bis zu dem Dickicht dort reiten. Dann müßt Ihr durch den schlammigen Bach, auf der anderen Seite reitet ihr weiter, bis Ihr zu einem großen Maisfeld gelangt. Der Mais beginnt zwar schon zu reifen, aber laßt Euch davon nicht beirren — reitet geradenwegs hinein. Durch dieses Maisfeld geht es ungefähr eine Viertelstunde. Dann stoßt Ihr auf den fürchterlichsten Sumpf, den Ihr je im Leben gesehen habt. Roß und Reiter versinken darin und werden nie wieder gefunden. Wer sollte sie auch suchen? Durch den Sumpf führt ein Weg. Und das ist der kürzeste Weg, auf dem man von hier wegkommen kann."

Der Reisende seufzte: „Und wie komme ich nun über den Sumpf?"

„Wie? Wenn es aufhörte zu regnen, könnte der Sumpf vielleicht in ein bis zwei Monaten ausgetrocknet sein. Wenn es aufhört zu regnen, wie ich sagte! Dann könntet Ihr durch den ausgetrockneten Sumpf reiten, und nach etwa einem Kilometer kommt Ihr an eine Stelle, wo es keinen Weg mehr gibt. Also reitet Ihr nach rechts. Wenn Ihr nach etwa einer Stunde merkt, daß der Weg nirgendwohin führt, kehrt Ihr an die Stelle zurück, von der es keinen Weg gibt, und reitet nach links. So nach vier Kilometern merkt Ihr, daß es auch dort keinen Weg gibt, und dann weiß ich selbst nicht mehr, was Ihr noch tun könntet. Eines aber weiß ich bestimmt: Ihr werdet heilfroh sein, einen Weg zurück in meine Schenke zu finden . . ."

Der Reisende seufzte tief auf, und der Schankwirt sagte beschwichtigend: „Aber warum wolltet Ihr denn fort von hier? Bleibt bei uns, Ihr könnt essen und trinken nach Herzenslust, und vor allem sehr froh sein, daß ich Euch alles so gründlich erklärt habe."

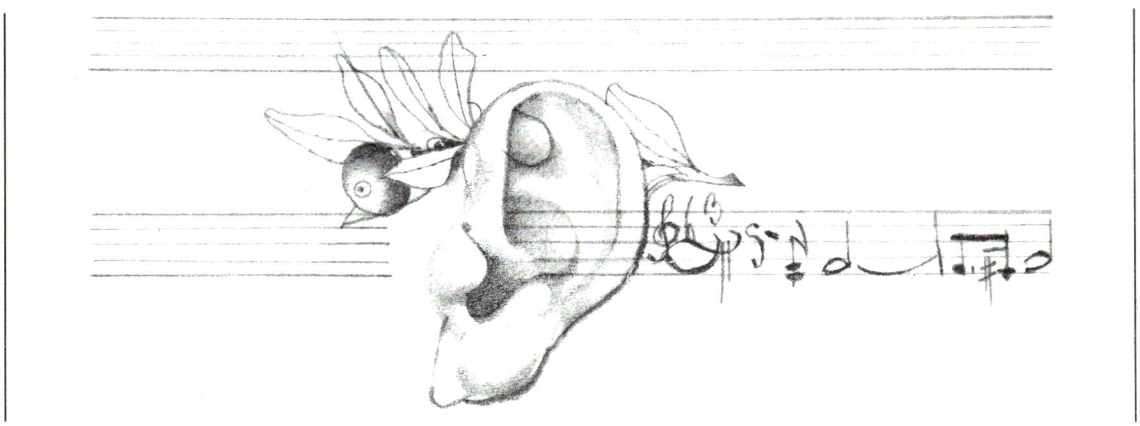

DIE DREI TREUEN

Vor langer, langer Zeit gehörte die Welt den Tieren.

In der Prärie weideten sorglos die Bisons, durch das dichte Gras schlichen die Schakale, Wildgänse und Schwäne badeten ruhig in den Seen, niemand störte sie. Nach der Arbeit pflegten die Tiere zu singen, jedes auf seine Weise. Abend für Abend trafen sie in dem großen Blockhaus zusammen.

In der Mitte des Raumes stand eine Säule aus Eichenholz, die das Dach stützte, damit es in stürmischen Nächten nicht herunterfiel.

„Im weichen Moos zu tanzen,
sagt selbst, ist es nicht schön,
auf samtig grünem Teppich
sich um und um zu drehn“,

sang der Bär, und er wiegte und neigte sich.

Das Ren sang:

„Ich tanze und springe ohne Sorgen
Nacht für Nacht
bis zum hellen Morgen.“

Und der Hirsch tat es ihnen nach und sang:

„Mein Ballsaal ist der Tannenwald,
dort wird es einem niemals kalt.“

Aber das Kaninchen durchbrach eines Abends die schöne Eintracht. Es richtete sich auf und sang:

„Rühr dich, du Säule aus Eichenholz,
Kannst nicht tanzen und bist doch so stolz!“

Und dann schoß das Kaninchen einen Pfeil auf die Säule ab. Die Säule schwankte. Die Balken ächzten und zitterten, und die Tiere flüchteten aus dem Blockhaus in die Prärie, denn sie hatten Angst, das Dach würde auf sie herabstürzen.

Nur die Maus, die Ratte und die Fliege fürchteten sich nicht, sie sangen weiter drauflos, als wäre nichts geschehen. Seit jener Zeit wollen sie die menschlichen Behausungen auch nicht mehr verlassen. Obwohl sie niemand einlädt, und die Menschen immer wieder versuchen, sie zu verjagen, bleiben die Maus, die Ratte und die Fliege im Haus, denn sie haben es auch in seiner Not nicht verlassen.

DER SKUNK UND DIE FRÖSCHE

Der Skunk vom Schlammbach war alt und schwach geworden. Vergeblich lauerte er am Bach den Fröschen auf. Sie liefen ihm alle davon und verhöhnten ihn noch obendrein:

Kunk, kunk, kunk,
er fängt uns nicht,
er fängt uns nicht,
der alte Skunk!

Am Bach lief der Hase vorbei und wunderte sich: „Warum bist du so traurig, Bruder Skunk?"

„Wie soll ich nicht traurig sein", seufzte der Skunk, „ich bin vor Hunger schon so schwach, daß ich nicht einmal mehr einen Frosch zum Abendessen fangen kann!"

„Hör zu", sagte der Hase, „ich will dir raten. Grab am Bach eine Grube aus und leg dich hinein. Und du wirst ein feines Abendessen haben!"

Der Skunk wunderte sich zwar, daß er so leicht zu einem Nachtmahl kommen sollte, aber weil er sich keinen anderen Rat wußte, grub er am Ufer eine Grube aus und legte sich hinein.

„Seht mal an, der häßliche Skunk liegt in dem Loch und rührt sich nicht!" quakte ein dicker Frosch. „Er ist gewiß tot!"

Alle Frösche sprangen dem Skunk in die Grube nach und freuten sich, daß er nicht mehr atmete.

„Versucht, wieder aus der Grube herauszuspringen!" riet der Hase.

Die Frösche sprangen nacheinander aus der Grube, und der Hase sprach: „Die Grube ist nicht tief genug! Vielleicht ist der Skunk doch noch nicht ganz tot. Er könnte aus der Grube kriechen und euch alle fressen. Ihr solltet noch tiefer graben!"

Die Frösche bedankten sich beim Hasen für den guten Rat, sprangen wieder in das Loch und gruben und gruben.

„Versucht jetzt, herauszuspringen!"

Die Frösche sprangen aus der Grube heraus, und der Hase sprach:

„Ihr müßt noch tiefer unter dem Skunk graben, damit es für euch keine Gefahr gibt, sollte er doch noch lebendig werden!"

Wieder sprangen die Frösche in die Grube zurück und machten sich an die Arbeit.

„Versucht noch einmal, ob die Grube tief genug ist!" rief ihnen der Hase zu.

Vergeblich bemühten sich die Frösche, herauszuspringen. Jetzt war die Grube viel zu tief.

„Bruder Skunk", rief der Hase lachend, „du hast dein Abendessen vor der Nase!"

Und der Skunk öffnete die Augen und schnappte sich alle Frösche auf einmal.

GOLDREGEN

Der Frau eines Farmers wurden Zwillinge geboren. Die kleinen Mädchen glichen einander wie ein Ei dem andern.

Aber als sie größer wurden, konnte bald jeder sehen, daß das eine Mädchen frische, rosige Wangen hatte, während das andere immer verschmiert und schmutzig war wie eine verrußte Bratpfanne.

Das Mädchen mit den rosigen Wangen half der Mutter beim Kochen und Aufräumen und sang bei der Arbeit den ganzen Tag.

Die Schwester döste auf der Ofenbank, nichts erfreute sie, und ein Lied kam nie über ihre Lippen.

Aber obwohl die rührige Tochter die Hausarbeit besorgte und stets willig war, liebte die Mutter die andere weit mehr! Für das faule Ding war nichts gut genug, sie nähte ihr viele neue Kleider, kaufte ihr dieses und jenes.

Die fleißige Tochter bekam von der Mutter nichts. Auch wenn sie um Mitternacht aufstand und die ganze Farm bis zum Morgen blitzsauber machte — der Mutter war das alles noch zu wenig.

Eines Tages jagte die Mutter die fleißige Tochter von der Farm: „Da hast du dein Spinnrad, bis zum Abend muß der Flachs gesponnen sein! Und komm mir ja nicht früher heim als alles fertig ist!"

Das Mädchen setzte sich unter einen Apfelbaum und machte sich an die Arbeit.

Das Spinnrad surrte, und das Mädchen sang:

„Den duftenden Flachs will ich spinnen
zu feinem weißen Linnen,
für Hemden, Kissen und Tüchlein
wie Quellwasser so rein."

Plötzlich stach sie sich in den Finger, daß das Blut spritzte. Sie beugte sich über den Brunnen, um die Wunde auszuwaschen.

Aber rings um den Brunnen war die Erde naß, das Mädchen glitt aus und fiel über den Brunnenrand in die Tiefe.

Es fiel bis auf den Grund des Brunnens.

Als es die Augen öffnete, die es vor Angst fest geschlossen hatte, sah es, daß es auf einer großen, blühenden Wiese stand. Über seinem Kopf flatterte und tirilierte eine Lerche, Bienen summten in den Blütenkelchen, Grillen zirpten im Gras.

Das Mädchen ließ sich unter einem Weidenbaum am Bach nieder und wand sich aus den Blumen, die es gepflückt hatte, einen Kranz. Es setzte ihn sich aufs Haar und schritt über die Wiese weiter.

Da kam es zu einem verrußten Ofen, in dem das Feuer knisterte, und in der Röhre buk ein Laib Brot.

„Zieh mich heraus", bettelte das Brot, „sonst verbrennt mir noch die Rinde!"

Das Mädchen nahm eine hölzerne Schaufel und zog das Brot aus dem Ofen.

„Ich danke dir", sagte der Laib Brot, „brich dir ein Stück von mir ab und steck es in die Tasche. Wenn du unterwegs hungrig wirst, hast du etwas, um dich zu stärken."

Das Mädchen brach ein Stück von dem Brot ab, bedankte sich schön und ging weiter, bis es an einen alten Nußbaum kam, der trug so viele Nüsse, daß sich seine Äste unter der Last zur Erde heruntergebogen.

Der Nußbaum bewegte sein Laub und sprach: „Schüttle mich doch ein wenig, ich kann die Last nicht länger tragen. Wenn ein Windstoß kommt, zerbricht er mir die Äste!"

Das Mädchen schüttelte den Baum, daß die Nüsse nach allen Seiten fielen.

„Vielen Dank für deine Hilfe!" seufzte der Nußbaum erleichtert, „nimm dir von den Nüssen mit auf den Weg, soviel du magst!"

Das Mädchen nahm sich eine Handvoll Nüsse und ging über die duftende Wiese weiter.

Es kam zu einer Hütte, in der Stube saß am erkalteten Ofen ein verhutzeltes Weiblein.

„Nun, liebes Kind, könntest du nicht ein Feuerchen machen und uns ein Töpfchen Suppe kochen?"

Das Mädchen hackte schnell Holz, machte Feuer im Ofen und stellte einen Topf mit Wasser auf.

Als beide die Suppe gegessen hatten, wusch das Mädchen das Geschirr ab und brachte das verhutzelte Weiblein zu Bett.

„Ich will bei Euch bleiben, Mütterchen, Ihr habt niemanden, der sich um Euch kümmert. Ich werde kochen und aufräumen“, bot sich das Mädchen an, und die alte Frau war froh, daß sie nicht mehr allein zu sein brauchte.

Das Mädchen kochte und räumte auf, spann den Flachs und bleichte die Wäsche, arbeitete im Garten und pflegte die Bäume.

Es war, als blühte alles auf unter seinen Händen.

Aber als ein Jahr vergangen war, bekam es Heimweh. Es hatte zwar weder von der Mutter noch von der Schwester jemals ein liebes Wort gehört, aber trotzdem sehnte es sich nach Hause.

Es vertraute sich der Alten an, und diese nickte verständnisvoll: „Zu Hause ist zu Hause, und wenn sie dir auch nur Kuchen aus Asche zu essen gäben. Ich verliere dich nur sehr ungern, und ich weiß, daß es dir bei mir gefallen hat. Sag mir nun aber, wie ich dich für deine treuen Dienste belohnen soll.“

„Ach, was denkt Ihr, Mütterchen“, winkte das Mädchen ab, „Ihr schuldet mir nichts, ich verlange keine Belohnung!“ Da winkte die

Alte mit ihrer rechten Hand, und gleich darauf fiel ein Goldregen von der Decke auf das Mädchen herab.

Das Mädchen dankte der Alten, nahm Abschied und schritt über die grüne Wiese zurück.

Mutter und Schwester machten große Augen, als sie das viele Gold sahen.

Und als sie gehört hatten, woher es kam, befahl die Mutter der faulen Tochter: „Geh mit meinem Spinnrad zum Brunnen und spinne den Flachs. Wenn du dich in den Finger gestochen hast, beuge dich hinunter, damit du auch in den Brunnen fällst."

Die faule Tochter kroch aus ihrem Bett, nahm das Spinnrad und ging damit zum Brunnen.

Das Spinnrad seufzte:

„Flachs soll ich spinnen,
den ich nicht mag,
der schmutzig ist wie ein Regentag."

Aber das Mädchen wußte gar nicht mit dem Spinnrad umzugehen. Es verstand nicht zu spinnen, und so stach es sich auch nicht in den Finger. Auf das Gold wollte es freilich nicht verzichten.

Darum zögerte es auch nicht und sprang in den Brunnen. Es fiel und fiel, bis es sich auf der großen grünen Wiese befand.

Nach einer Weile gelangte es auch zu dem glühenden Ofen.

„Zieh mich heraus", rief dort das Brot, „sonst verbrenne ich noch in der Glut!"

„Was macht das schon aus!" rief das Mädchen lachend, „ich esse ohnehin nur Kuchen. Meinetwegen verbrenne zu Asche!"

Und es ließ das Brot, wo es war, und ging weiter über die grüne Wiese, bis es zu dem alten Nußbaum kam, dessen Äste sich bis auf die Erde beugten.

„Ich bitte dich, schüttle mich", rief der Nußbaum, „sonst zerbrechen alle meine Äste."

„Wer will schon deine Nüsse haben", höhnte das Mädchen, „mir bringt die Mutter nur die Kerne, ich werde mir doch nicht unnötig Arbeit aufladen!"

Und es kehrte dem Nußbaum den Rücken und ging weiter.

Endlich gelangte es zu der Hütte.

Das verhutzelte Weiblein saß in der Stube vor dem kalten Ofen und fragte das Mädchen: „Möchtest du nicht ein Feuerchen machen und mir ein Töpfchen Suppe kochen? Ich bin krank und schwach."

„Kocht Euch Eure Suppe selber!" sagte das Mädchen schnippisch. „Ich esse nur Gebratenes, und kalt ist es mir nicht. Warum sollte ich da Feuer im Ofen machen? Aber wenn Ihr es mir ordentlich bezahlen wollt, bringe ich Euch zu Bett, dort könnt Ihr Euch erwärmen und im Schlaf den Hunger vergessen."

„Für dieses Angebot will ich dich im voraus belohnen", sagte die Alte.

Und sie winkte mit der linken Hand, und von der Decke rieselte schmutziger Regen herab.

Dicke, schlammige Tropfen fielen dem Mädchen auf Wangen, Hals und Hände, und nach einem Weilchen war es ganz und gar mit klebrigem Schlamm bedeckt.

Als das schmutzige Mädchen nach Hause kam, konnte die Mutter es kaum erkennen.

Sie stellte einen Kessel mit Wasser aufs Feuer, und als es heiß geworden war, rieb sie die Tochter mit einer scharfen Bürste ab.

Aber vergebens, der Schlamm klebte dem Mädchen so fest auf der Haut, daß es ihn nie wieder loswurde.

MIKE FINK

Mike Fink, der berühmte Schiffer und noch berühmtere Scharfschütze, fuhr mit einer Ladung Salz flußabwärts.

„Kapitän“, sagte eines Tages der Schiffsjunge, „das Fleisch ist alle. Was soll ich heute zu Mittag kochen?“

„Wart ein Weilchen“, rief ihm Fink zu, „ich werde mir etwas ausdenken.“

Auf der Wiese am Fluß weidete eine große Herde Schafe, die von einem Schäferhund bewacht wurde. Mike Fink steuerte das Boot zum Ufer.

Er öffnete eine Kiste, holte daraus eine Schachtel mit Schnupftabak hervor und steckte sie in die Tasche. Dann stieg er ans Ufer, warf dem Schäferhund ein Stück Brot zu und lief zu den Schafen.

Fünf von ihnen fing er ein und beschmierte ihre Schnauzen mit Schnupftabak.

Danach rief er dem Schiffsjungen zu, er solle schnell in die nahe Farm laufen und dem Farmer bestellen, daß er sofort zum Fluß kommen müsse.

„Sag ihm“, rief er dem Schiffsjungen noch nach, „daß alle seine Schafe verenden werden, wenn er nicht gleich da ist.“

Nach einer Weile kam der Schiffsjunge zurückgelaufen, ihm auf den Fersen ein dicker Farmer.

„Da, schaut Euch die Bescherung an“, sagte Mike Fink und zeigte auf die Herde. Die Schafe niesten, prusteten, wischten sich die Mäuler im Gras und taumelten wie betrunken.

„Da bin ich aber baff!“ wunderte sich der Farmer, „noch heute früh waren alle in bester Ordnung. Was mögen sie jetzt nur haben?“

„Ihr wißt es nicht? Und Ihr seid ein Farmer?“ rief Fink mitleidig aus. „Habt Ihr denn noch niemals von der Rinderpest gehört?“

Der Farmer erschrak: „Ihr glaubt wirklich, meine Schafe hätten die Rinderpest?"

„Ich glaube es nicht nur, ich weiß es. Die Rinderpest erkennt man doch auf den ersten Blick. Die Seuche hat alle Weideplätze oben

am Fluß heimgesucht, unzählige Schafe und Kühe liegen in der Prärie, alle viere von sich gestreckt. Zwei Farmer haben über diesem Unglück schon den Verstand verloren."

„Und gibt es gegen diese schreckliche Krankheit denn keine Arznei?" stotterte der dicke Farmer.

Mike Fink seufzte: „Da gibt es nur eine einzige Arznei, nämlich die angesteckten Schafe zu erschießen, damit sich die Seuche nicht auf die ganze Herde verbreitet.“

„Aber wie kann ein Mensch allein fünf angesteckte Schafe von einer großen Herde abteilen und sie erschießen?“

„Es gibt nur einen Mann in der Gegend, der das zuwege bringt, und der bin ich, Mike Fink.“

Der Farmer lachte übers ganze Gesicht: „Nun, das ist etwas anderes. Da sag ich kein weiteres Wort. Wenn Mike Fink hier ist, bin ich ohne Furcht. Hättet Ihr also die Liebenswürdigkeit mir zu helfen, die kranken Schafe zu erschießen und zu vergraben?“

Aber Mike Fink ließ sich bitten.

„Ich weiß nicht, Farmer, wäre es nicht besser, Ihr beratet Euch noch mit den übrigen Farmern in der Umgebung? Vielleicht irre ich mich. Und dann, wenn wir die Schafe vergraben, könnte sie der Schakal in der Nacht ausgraben und die Seuche auf die ganze Herde übertragen.“

Der Farmer wollte nun Fink überreden, er solle die erschossenen Schafe in den Fluß werfen.

„Gott behüte!“ wehrte sich Mike Fink, „das Wasser ist mir heilig. Und der Fluß ganz besonders. Durch das Wasser verbreitet sich die Ansteckung so leicht, daß in einer Woche die ganze Gegend von der Rinderpest befallen wäre.“

„Und wie, wenn Ihr die paar Schafe auf Euer Schiff nehmt und sie dann an einem öden Platz vergrabt, wo es keine Schafe gibt?“ versuchte der Farmer Fink zu überreden.

„Das wäre vielleicht möglich — vielleicht sage ich“, sprach Mike Fink nachdenklich, „aber umsonst könnt Ihr das nicht von mir verlangen.“

„Ich will es ja nicht umsonst von Euch“, sagte der Farmer freudig, „Ihr bekommt ein Fäßchen Pfirsichschnaps, wenn Ihr mir aus dem Schlamassel helft.“

Mike Fink willigte großmütig ein und zog seine Pistole aus der Tasche.

Zum Abendessen gab es Lammbraten und duftenden Pfirsichschnaps.

Und der Mond blinzelte schelmisch auf Mike Fink, den berühmten Schiffer und noch berühmteren Scharfschützen, herab.

EIN UNGEBETENER NACHBAR

An einem tiefen und breiten Fluß, nahe der unwegsamen Wälder, lebten zwei Brüder. Sie liebten die Einsamkeit.

Wenn an ihrem Blockhaus ein Planwagen knarrend vorbeifuhr und die Einwanderer fragten, ob die Brüder hier zufrieden seien, seufzten die beiden Schlaufüchse listig: „Ach, es ist eine schreckliche Gegend! Einmal regnet es in einem fort, ein andermal herrscht wieder furchtbare Dürre, die Mücken stechen uns Tag und Nacht, die Bären plündern unsere Speisekammer, einfach schrecklich ist es hier zu leben! Fahrt lieber weiter nach Westen, dort soll es schön sein!"

Die Einwanderer gaben ihren Zugtieren die Peitsche und bedankten sich noch bei den Brüdern für den vermeintlich uneigennützigen Rat.

Einmal, gegen Abend, hielt an dem Blockhaus ein Fremder auf einem scheckigen Pferd an. Er saß ab, ging ins Haus, setzte sich ans Feuer und tat, als sei er hier zu Hause.

„Ich werde mich ganz in eurer Nähe niederlassen. So werdet ihr wenigstens nicht einsam sein. Der Boden ist gut für eine Farm."

Vergebens versuchten die Brüder den Fremden zu überreden, er solle es sich gut überlegen, vergebens zählten sie ihm die Unbilden der Witterung und die Schwierigkeiten des Lebens am Fluß auf.

„Ich bin entschlossen, mich hier niederzulassen", sagte der Fremde. „Wir werden Nachbarn sein, und darum bin ich gekommen, um mich mit euch bekanntzumachen."

Als die Brüder merkten, daß mit dem störrischen Mann nichts anzufangen war, blinzelten sie einander zu und verständigten sich schweigend.

„Gewiß werdet Ihr unsere Einladung zum Abendessen nicht ablehnen", sagte der ältere Bruder zu dem Fremden.

„Oh, gern will ich mit euch zu Abend essen, ich werde euch doch nicht beleidigen!"

Nach einer Weile trug der jüngere Bruder die Schüsseln auf. Er bestreute das Hirschfleisch reichlich mit einem gelben Pulver und forderte den Gast zu essen auf.

Der Fremde schnitt sich ein ordentliches Stück Fleisch ab und steckte einen Bissen in den Mund, um ihn gleich wieder auszuspukken.

„Brr! Das schmeckt aber bitter! Womit habt Ihr denn das Fleisch bestreut?"

„Mit einem Pulver gegen das Fieber", erklärte der jüngere Bruder, und der ältere fügte hinzu: „Ja, ja, mit dem Essen ist es hier schlimm. Um den ganzen Fluß herum wüten ständig sonderbare Krankheiten, darum müssen wir alle Speisen mit diesem Pulver gegen das Fieber bestreuen, sonst wären wir schon längst tot."

Der Fremde steckte sich mürrisch ein Stück trockenes Brot in den Mund, ließ das Fleisch auf dem Teller liegen und wollte aufbrechen.

„Wohin wollt Ihr denn jetzt in der Nacht?" fragte ihn der ältere Bruder. „Aus dem Fluß kriecht mir nichts dir nichts ein Alligator, und bis zum Morgen bleiben nur noch Eure abgenagten Knochen übrig. Ihr müßt schon über Nacht bei uns bleiben! Wir leben hier schließlich in der Wildnis."

Nur ungern willigte der Fremde ein.

Der jüngere Bruder bereitete ihm ein Lager aus Fellen. Dann legte er dicke Scheite aufs Feuer, hüllte den Gast in mehrere Bärenfelle, umwickelte den Unglücklichen mit einem festen Strick und befestigte ihn wie ein Paket an einem Balken.

„Ich ersticke!" jammerte der Gast, „warum deckt Ihr mich so zu? Und was soll der Strick?"

„Ja, wißt Ihr es denn nicht?" fragte der ältere Bruder. „In den umliegenden Wäldern treiben sich unzählige Bären herum. In der Nacht kommen sie durch den Schornstein in die Stube, und wir müssen uns gegen sie wehren. Darum hüllen wir uns in die Bärenfelle. Wenn nämlich ein Bär in die Stube kommt, schaut er sich um und beschnüffelt alles, denn er hat Appetit auf Menschenfleisch. Er kommt also an das Bärenfell heran, sagt sich ei! ei! da ist mir schon ein Verwandter zuvorgekommen, ich muß mich in einer andern Hütte umsehen. Und er macht die Tür auf und wackelt davon. Aber manche Bären sind schlau und lassen sich nicht durch die Bärenfelle täuschen. Also binden wir uns zur Sicherheit über Nacht an einem Balken fest."

„Das ist ja schrecklich!" jammerte der von der Hitze schon halbgebratene Gast, „ich schlafe sonst nur unter einer leichten Decke im Kühlen."

„Wenn Ihr die Kühle liebt, dann werdet Ihr hier am Fluß nicht

gut schlafen", sagten die Brüder wie aus einem Mund, und dann wünschten sie dem Gast eine gute Nacht und öffneten vorsichtig ein Fenster.

Gleich darauf stürzten sich Hunderte von Stechmücken auf den Fremden.

Morgens rüstete sich der Gast, unausgeschlafen und von den Mückenstichen geschwollen, zum Aufbruch.

„Wenn Ihr schon mal hier seid“, sagte der ältere Bruder, „möchten wir Euch in den Wald auf die Hirschjagd mitnehmen, damit Ihr seht, was die Natur rundum zu bieten hat.“

Der Fremde war einverstanden und ging zur Tür.

„Wartet“, rief ihm der jüngere Bruder zu, „nur keine Eile!“

Und er schleppte drei Ofenrohre herbei.

„Wozu das?“ fragte der Gast verwundert. „Geht ihr etwa in den Rohren auf die Jagd? Darin kann man doch die Knie nicht beugen!“

„Da kann man nichts machen“, erklärte der ältere Bruder. „Am Fluß gibt es furchtbar viele Klapperschlangen. Sie lauern im hohen Gras, und beißen einen leicht ins Bein. Eine Stunde später weiß man nichts mehr von der Welt. Darum gehen wir in den Ofenrohren, sowohl auf die Jagd als auch auf den Fischfang.“

Der Fremde schleuderte die Ofenrohre weit fort, schwang sich auf sein Pferd und ritt im Galopp davon.

„In einer solchen Hölle mag leben, wer da will!“ rief er statt eines Abschiedswortes. „Ich will mich nach einem anderen Platz umschauen!“

Die Brüder lächelten einander an.

Sie waren wieder allein in ihrer Einöde, ihre Nachbarn waren die schweigenden Wälder und der leise plätschernde Fluß.

DAS FEUER

Vor langer, langer Zeit war der Bär der Herr der Welt. Dem Bären gehörte auch das Feuer.

Niemand außer ihm verstand es, das Feuer zu entzünden und es lebendig zu erhalten.

Im Waldesdickicht reiften die Himbeeren, und der Bär ging sie sammeln. Er kroch durch die Himbeerhecken, pflückte und verschluckte gierig die dunkelroten Früchte und konnte nicht genug davon bekommen.

Immer weiter und weiter entfernte er sich vom Feuer und vergaß, daß er Holz zulegen müßte.

„Füttere mich, füttere mich", rief das Feuer ängstlich, „ich habe Hunger."

Aber der Bär war schon weit weg im Wald, sammelte Himbeeren und hörte den Ruf des Feuers nicht.

„Füttere mich, füttere mich", flüsterte das Feuer, und dann ging es aus. Nur ein paar Kohlestückchen glimmten noch.

Da kam ein Mensch herbei, der hatte den Ruf des Feuers vernommen.

Der Mensch riß schnell eine Handvoll trockenes Gras aus der Erde und legte es an die glimmenden Kohlen. Als das Gras zu brennen begann, holte er trockene Kiefernzweige und große harzige Äste.

Einen Ast legte er nach Norden hin, und das Feuer brannte nordwärts. Den zweiten legte er nach Westen, und das Feuer brannte westwärts. Eine Weile später brannte das Feuer auch ost- und südwärts. Das Feuer prasselte fröhlich und wärmte den Menschen, zum Dank dafür, daß er es vor dem Tod errettet hatte.

Abends kam der Bär aus dem Wald zurück, den Bauch wie eine Trommel aufgebläht, und drängte sich ans Feuer.

Aber das Feuer wandte sich ab.

Seit der Zeit fürchtet der Bär das Feuer.

Seit der Zeit gehört das Feuer dem Menschen.

DIE WASSERFRAU

Es war einmal ein Müller, der hatte niemals Glück. Wenn es eine reiche Ernte gab und die Bauern mit ihren Wagen voll Getreide zur Mühle gefahren kamen, war so wenig Wasser im Mühlbach, daß das Mühlrad stillstand. Da trieben die Bauern die Pferde an und fuhren zu einem anderen Müller. Wenn unser Müller aber genügend Wasser im Bach hatte, gab es wenig Getreide.

Und so ging es Jahr um Jahr.

Eines Abends ging der Müller am Mühlbach spazieren, rauchte seine Pfeife und überlegte, wie er Geld zum ausbessern des Schindeldaches auftreiben könnte.

Da tauchte aus dem Bach die Wasserfrau auf und fragte freundlich: „Warum bist du so traurig? Sag, Müller, was fehlt dir?"

„Freilich bin ich traurig", antwortete der Müller, „aber du wirst mich gewiß auch nicht von meinen Sorgen befreien können!"

„Wer weiß, Müller", sagte die Wasserfrau, „vielleicht kann ich dir helfen. Wenn du versprichst, mir zu schenken, was in der Mühle zuerst geboren wird, soll sich in deinem Haus alles ändern, das Glück wird in der Mühle Einzug halten."

Der Müller lächelte. So ein törichtes Angebot! Was könnte in der Mühle geboren werden? Er überlegte — und dann hatte er es: junge Hunde würde es geben. Und eines bekäme die Wasserfrau, wenn ihr so sehr daran lag.

„Gut", sagte er, „du bekommst, was bei uns in der Mühle zuerst geboren wird."

„Aber wenn du nicht Wort hältst", sagte die Wasserfrau, „wird es dir schlimm ergehen!"

Dann tauchte die Wasserfrau wieder unter, und der Müller ging heim. Unter der Linde im Hof saß der Nachbar und rauchte.

„Um Eure Hündin ist es geschehen", sagte er.

Der Müller rief erstaunt: „Was sagst du da?"

„Ich kann es mir selbst nicht erklären. Sie lief an den Bach, fiel unters Mühlrad und tauchte nicht mehr auf."

Der Müller sagte nichts und ging in die Stube.

Die Müllerin goß die Blumen am Fenster und lächelte.

„Mir scheint, du bist heute guter Laune", sagte der Müller.

„Wie sollte ich denn nicht", wandte sich die Müllerin ihrem Mann zu, „zehn Jahre lang haben wir vergebens auf ein Kind gewartet, und eben weissagte mir eine freundliche Alte, daß wir übers Jahr einen Sohn haben werden."

„Ach", sagte der Müller, und mehr nicht.

Von jenem Tag an ging es dem Müller gut. Wasser gab es im Bach das ganze Jahr lang genug, auf den Feldern reifte das Getreide, nach der Ernte kamen die Bauern aus der ganzen Gegend zur Mühle gefahren, die Wagen barsten beinahe unter der Last der schweren Säcke. Die Mühle klapperte von früh bis spät, aber dem Müller ging die Forderung der Wasserfrau nicht aus dem Sinn.

Im Frühling gebar die Müllerin einen Sohn.

Der Müller ging traurig in der Mühle umher.

„Hast du denn gar keine Freude?" fragte die Müllerin betroffen. „So lange haben wir gewartet, und jetzt, da sich unser Wunsch erfüllt hat, bist du den ganzen Tag lang mürrisch und verdrießlich."

„Ich habe Sorgen", antwortete der Müller kurz. Aber von der Wasserfrau und von seinem Versprechen sagte er kein Wort.

Der Junge wuchs heran, und bald spielte er draußen vor der Mühle.

Der Müller war aber, obwohl die Wasserfrau sich nicht mehr hatte blicken lassen, in ständiger Angst um seinen Sohn.

„An den Bach geh nur nicht", warnte er immer wieder, und meistens fügte er hinzu: „Lauf lieber in den Wald."

Im Wald kannte sich der Junge aus. „Wie habe ich es doch so gut eingerichtet", dachte der Müller oft, „meinen Sohn wird die Wasserfrau niemals bekommen!"

Als der Müllerssohn zu einem stattlichen Jüngling herangewachsen war, stellte er eines Tages einem Dachs nach. Da begegnete er der Tochter des Waldhüters, die einen Korb voller Tannenzapfen trug.

Der Jüngling nahm ihr den Korb ab, und ehe die beiden bis an das Haus des Waldhüters gekommen waren, hatten sie sich ineinander verliebt. Und ehe der Müller das Getreide der neuen Ernte gemahlen hatte, feierte sein Sohn mit der Tochter des Waldhüters Hochzeit.

Nicht lange danach schoß der Müllerssohn einen stattlichen Hirsch, aber das Tier sprang hoch und floh. Der Jäger eilte ihm nach.

Er brach durch das Dickicht und lief, bis er an den Bach gelangte. Am Ufer lag der Hirsch. Der Jäger beugte sich nieder, und da tauchte aus dem Bach die Wasserfrau auf, ergriff den Jäger und zog ihn mit sich in die Tiefe.

Ungeduldig wartete die junge Frau auf ihren Mann, aber der kam und kam nicht.

Am anderen Morgen ging die junge Frau in den Wald, um ihren Mann zu suchen. Aber dort war er nicht.

So ging sie zum Bach, dort saß unter einem alten Weidenbaum ein greises Mütterchen.

„Du suchst wohl deinen Mann, Töchterchen?“ fragte es.

„Ja, Mütterchen“, sagte die junge Frau, „ich suche ihn.“

„Nun, tue, was ich dir sage. Hier hast du einen goldenen Kamm. Wenn der Mond am Himmel steht, setze dich an den Mühlbach und kämme das Wasser damit.“

Als der Mond groß und rund am Himmel stand, ging die junge Frau zum Mühlbach, beugte sich über den Wasserspiegel und kämmte das Wasser mit dem goldenen Kamm.

Der Wasserspiegel kräuselte sich, und der Kopf des Müllersohnes tauchte aus dem Wasser empor. Er lächelte seine Frau an, tauchte aber gleich wieder in die Tiefe.

Es dauerte nicht lange, und die junge Frau traf auf dem Waldweg wieder das Mütterchen.

„Nimm diese goldene Harfe“, sagte die Alte freundlich, „und setz dich damit ans Ufer des Mühlbaches. Wenn der Mond wieder groß und rund am Himmel steht, spiele ein Lied.“

Nach diesen Worten verschwand das Mütterchen im Wald.

Die junge Frau wartete, bis es wieder Vollmond war. Da nahm sie die goldene Harfe, ging zum Bach und begann zu spielen.

Der Wasserspiegel kräuselte sich, und aus der Tiefe tauchte der Müllersohn empor. Das Wasser um ihn sank, bis es ihm nur noch an die Brust reichte. Er lächelte seine Frau an und winkte ihr zu, und das Wasser schlug wieder über ihm zusammen.

Zum dritten Mal begegnete die junge Frau dem alten Mütterchen. „Ich habe dich erwartet", sagte die Alte. „Hier hast du ein goldenes Spinnrad. Setze dich in einer Vollmondnacht an den Mühlbach und spinne!"

Dann verschwand die Alte wie der Schatten eines Nachtvogels.

Die junge Frau wartete, bis es wieder Vollmond war. Dann nahm sie das goldene Spinnrad, ging zum Mühlbach und begann, am Ufer zu spinnen.

Kaum hatte das Rädchen zu surren begonnen, tauchte der Müllersohn aus dem Wasser empor.

Der Wasserspiegel sank und sank, und bald reichte ihm das Wasser nur noch bis an die Knöchel.

„Reich mir eine Hand", rief ihm seine Frau zu, und sie beugte sich zu ihm hinunter.

Kaum aber hatte sie seine Hand berührt, da rauschte es oben auf der Waldwiese über dem Wehr, und das Wasser jagte mit Getöse herab.

Aber die junge Frau war jetzt stärker als alle Wasser der Erde zusammen. Sie zog ihren Mann aus dem Mühlbach heraus, und nie wieder gelang es der Wasserfrau, ihn in ihren Bann zu ziehen.

VON DER GANS UND DEM FUCHS

Einmal schwamm die Gans auf einem See. Da sah sie der Fuchs, und der dachte sich sein Teil.

Als die Gans ans Ufer stieg, ging der Fuchs hin und fragte: „Hast du das Schild nicht gesehen? Kannst du nicht lesen?"

Die Gans antwortete: „Ich habe das Schild wohl gesehen. Aber ich kann nicht lesen."

„Unwissenheit schützt vor Strafe nicht", sagte der Fuchs. „Das verstehe, wer will", sagte die Gans.

Der Fuchs sah die Gans verächtlich an.

„Auf dem Schild steht, daß es allen Gänsen verboten ist, auf dem See zu schwimmen. Und was hast du gerade getan?"

„Ich bin gerade auf dem See geschwommen. Warum fragst du noch danach? Du hast es doch selbst gesehen", sagte die Gans. Und sie wollte weiter. Aber der Fuchs verstellte ihr den Weg. Er sagte: „Ich werde dir zur Strafe dafür, daß du auf dem See geschwommen bist, das Genick umdrehen und dich auffressen."

„Langsam, langsam, immer mit der Ruhe", schnatterte die Gans. „Wer hat das Schild überhaupt aufgestellt?"

„Nun, das war ich", antwortete der Fuchs.

„Du hattest kein Recht dazu, also hast du auch kein Recht, mir das Genick umzudrehen und mich obendrein noch aufzufressen."

Der Fuchs ließ aber nicht mit sich reden.

Es ging hin und her, und schließlich schlug die Gans vor, man solle doch zusammen vor Gericht gehen. Der Fuchs war einverstanden. Aber da hatte die Gans sich was Schönes eingebrockt. Der Richter, die Staatsanwälte und die Geschworenen, alle waren Füchse.

Was soll ich noch sagen?

Die Gans wurde gar nicht erst verhört, sie wurde gleich hingerichtet. Und der Richter, die Staatsanwälte und die Geschworenen aßen sie gemeinsam auf.

PUTENTOCHTER

Vor langer, langer Zeit lebten ein Indianer und seine Frau. Die beiden hatten zwei Töchter, die ältere hieß Gelber Mais, und die jüngere wurde Putentochter genannt, denn sie allein hatte sich um eine Schar Puten zu kümmern.

Einmal, als die Tage der Tanzfeste begannen, legten der Vater und die Mutter schon in der Frühe ihre besten Kleider an. Sie wollten keinen der Tänze versäumen und sich darum schon bald auf den Weg machen.

„Du kannst mit uns gehen“, sagten sie zu Gelber Mais.

‚Und ich?‘ dachte Putentochter bekümmert. Aber sie wagte nicht zu fragen, ob sie auch mitgehen dürfte. Sie kannte die Antwort, sie wußte, daß sie die Puten auf die Ebene treiben mußte.

Vater und Mutter gingen mit Gelber Mais davon. Die Puten sahen ihnen nach, und die älteste fragte: „Warum gehst du nicht mit ihnen?“

„Wie sollte ich mit ihnen gehen?“ seufzte das Mädchen, und es wunderte sich nicht, daß die Puten, die es schon so lange betreute, auf einmal zu ihr sprechen konnten. „Ich muß auf euch achtgeben. Und in meinen alten Flickenkleidern kann ich doch nicht gehen. Auch meine Schuhe sind ganz vertreten.“

Die Puten streckten ihre Hälse, und die älteste sagte: „Du sollst bekommen, was du brauchst.“

Dann sprang eine von ihnen auf einen dicken Ast und schlug mit den Flügeln. Da fiel ein wunderschönes Tuch herunter. Die zweite Pute schlug mit den Flügeln, und ein bunter Gürtel fiel heraus. Die dritte Pute zauberte leichte Schuhe aus Antilopenleder, die vierte ein zartes Schultertuch.

„Jetzt kann niemand mehr sagen, du seist für das Fest schlecht vorbereitet“, sagte die älteste Pute. „Eile dich, denn die Tänze haben gewiß längst begonnen.“

Da legte Putentochter ihr Flickenkleid ab, hüllte sich in das große Tuch und tat den Gürtel um, da zog sie ihre alten Schuhe aus und schlüpfte in die neuen. Dann schlang sie das zarte Tuch um ihre Schultern, dankte den Puten und eilte davon.

Als sie den großen Platz erreicht hatte, stand die Sonne schon hoch am Himmel, aber die Tänze würden noch lange kein Ende nehmen.

Putentochter blieb hinter einem Baum stehen und schaute mit glänzenden Augen den Tanzenden zu. Ach, wenn sie doch auch an einem der Tänze teilnehmen könnte.

Doch die ältere Schwester, Gelber Mais, entdeckte sie.

„Mutter!" rief sie. „Putentochter ist uns ohne Erlaubnis nachgegangen. Wer hütet denn jetzt die Puten? Und woher hat sie das Kleid und die Schuhe? Und sieh nur das Schultertuch!"

Die Mutter wurde böse, lief zu Putentochter hin und sagte: „Gleich gehst du wieder nach Hause. Wie, wenn ein Raubtier unsere Truthennen holt? Woher du das Kleid und die Schuhe hast, wirst du uns morgen erzählen!"

Da ging das Mädchen traurig nach Hause.

„Warum kommst du schon wieder zurück?" fragten die Puten.

„Weil ich euch auf die Ebene treiben und achtgeben muß, daß euch kein Raubtier holt", sagte das Mädchen, und es schickte sich an, die neuen Schuhe auszuziehen.

„Heute brauchst du uns nicht mehr auf die Ebene zu treiben", sagten die Puten. „Und ein Raubtier wird uns nicht holen. Nein, nein, uns nicht!"

„Raubtiere sind schlau", sagte das Mädchen.

„Wir sind nicht weniger schlau", sagten die Puten.

Was sie aber tun wollten, käme wirklich ein Raubtier, wußten sie auch nach langem Überlegen nicht. Doch Putentochter wußte etwas.

„Wenn ihr mir helfen würdet", sagte sie, „könnte ich noch einmal auf das Tanzfest gehen."

„Sag nur, was du denkst", forderten die Puten das Mädchen auf.

„Ich könnte, bevor ich fortginge, einen Topf Maiskörner auf den Hof ausschütten. Käme ein Raubtier, würde es ausrutschen. Da verginge ihm der Hunger", sagte das Mädchen.

„Was für ein guter Gedanke!" riefen die Puten aus. „Aber sag, was sollen wir noch dazu tun?"

„Ihr“, sagte Putentochter, „sollt die Maiskörner nicht aufpicken, denn pickt ihr sie auf, könnte es leicht um euch geschehen sein.“

Zuerst sahen die Puten betroffen einander an, aber dann sagte die älteste Pute: „Es sei, wie du willst. Aber merke dir wohl, daß du dein Glück uns zu verdanken hast. Mit Perlen und Bändern wollen wir dich jetzt schmücken, so daß dich keiner erkennt und doch alle nur Augen für dich haben werden. Du siehst es, wir denken an dich, wir geben, was wir dir geben können. Darum denke du auch an uns und kehre, bevor die Sonne den Himmel wieder hinaufrollt, zu uns zurück. Denn wenn du bis dahin nicht wieder bei uns bist, werden wir meinen, du hättest uns vergessen. Und dann müßten wir uns sagen, daß du unserer nicht wert gewesen bist.“

„Wie sollte ich euch vergessen?“ rief Putentochter aus. „Ich werde zurück sein, bevor die Sonne wieder den Himmel hinaufrollt.“

Dann eilte sie mit Perlen und Bändern geschmückt davon. Und als sie auf dem Festplatz ankam, war alles, wie die Puten es gesagt hatten. Weder von Vater und Mutter noch von Gelber Mais oder jemand anderem wurde sie erkannt, und doch hatten alle nur Augen für sie.

„Was ist das für ein schönes Mädchen? Woher kommt es? Zu wem mag es gehören?“ dachten alle, und der stattlichste unter den jungen Männern trat auf sie zu und bat sie, mit ihm in den Kreis der Tanzenden zu treten.

Putentochter errötete, sie wußte nicht wie ihr geschah, ihre Füße bewegten sich zaghaft, dann schneller und immer schneller. Und nichts war mehr da, was ihre Gedanken trübte.

Aber bald dachte sie auch nicht mehr an ihre Puten und an das, was sie ihnen versprochen hatte. Die Tänze gingen weiter, und alle wollten sie dabei haben und sie wollte auch keinen auslassen. Was machte es schon aus, ob sie gleich oder später nach Hause lief? Und sollte sie es nicht auskosten, daß man so um sie warb, daß die Alten noch immer dastanden und sich fragten, wer wohl das schöne Mädchen sei, woher es komme, zu wem es gehöre? Oh, sie sollten sich ruhig weiter fragen und nach einer Antwort suchen. Sie würde sie ihnen nicht geben, und darum würden sie keine erhalten.

So und nicht anders dachte das Mädchen. Und ihre Puten? Was dachten die Puten, als der Mond den Himmel hinabgerollt war, und die Sonne begann, ihn hinaufzurollen?

Ihre Puten trippelten unruhig hin und her.

‚Was kann nur mit unserem Mädchen geschehen sein?' fragten sie sich.

‚Es wird uns doch nicht etwa vergessen haben. Nein, nein, gewiß hat es uns nicht vergessen — gewiß hält es etwas zurück, daß wir nicht haben voraussehen können.'

Da hörten sie Schritte. Es waren die Schritte des Mädchens. Und eine Stimme hörten sie. Es war die Stimme des Mädchens, und die sang ein Lied. Und die Puten wußten, daß ihr Mädchen dieses Lied nur sang, wenn es glücklich war. Also hatte es nichts Betrübliches gegeben, also war das Mädchen durch nichts als durch den Tanz aufgehalten gewesen, also hatte es sie, ihre Puten, vergessen, denn es war ja nicht zurückgekehrt, bevor die Sonne begonnen hatte, den Himmel wieder hinaufzurollen.

„Das Mädchen hat sein Glück nicht verdient", sagte die älteste Pute traurig. „Es hat nicht verdient, daß wir bei ihm bleiben. Mag es das Leben führen, das ihm zusteht. Arm und einsam soll es fortan wieder sein."

„Arm und einsam soll es fortan wieder sein!" sagten die anderen Puten, und dann liefen alle über die Ebene davon.

Als Putentochter nach Hause kam und sah, daß ihre Puten nicht mehr da waren, als sie entdeckte, daß sie über die Ebene davonliefen und, obwohl sie laut nach ihnen rief, nicht auf sie hörten, erschrak sie.

Was war geschehen? Wer hatte ihre Puten verjagt?

Ach, sie war es selbst gewesen, sie hatte ihre Puten verjagt, weil sie nur noch an sich selbst gedacht hatte. Und so besaß sie jetzt auch nicht mehr als ihre alten Kleider und Schuhe, denn alles, was ihr die Puten geschenkt hatten, war mit ihnen verschwunden.

VOM GANZ KLEINEN MANN

In der Prärie weidete eine Büffelherde.

Der alte Büffel riß sich mit der Zunge ein duftendes Büschel Gras ab, aber sofort spie er es unwillig wieder aus: „Pfui, bin ich erschrocken", rief er ärgerlich. „Beinahe hätte ich dich verschluckt, du Unglückswurm!"

Aus dem Grasbüschel guckte ein ganz kleiner Mann hervor, nicht größer als ein Daumen.

Er sprang hoch und rannte davon; er nahm sich nicht einmal Zeit, dem Büffel zu danken.

Er rannte und rannte, bis er ein weißes Wildpferd traf.

„Ach, liebes Pferd, ich bin schon halbtot vor Kummer", seufzte der ganz kleine Mann.

„Aber, aber, warum das Gejammer?" fragte das Pferd verwundert.

„Vor einem Weilchen war ich wieder einmal in Lebensgefahr. Fast hätte mich ein Büffel verschluckt. Möchtest du mir nicht raten, wie ich wachsen könnte, um so groß zu werden wie du?"

„Das ist ganz leicht", wieherte das Wildpferd. „Friß auf einmal einen ganzen Sack Mais, lauf dann zum Fluß und trink dir den Bauch voll, und gleich wirst du so groß sein wie ich."

Der ganz kleine Mann dankte dem Wildpferd für den Rat, aß einen ganzen Sack Maiskörner und lief an den Fluß.

Er rannte und rannte, der Mais drückte ihn im Magen, und als er am Fluß von dem schlammigen Wasser getrunken hatte, betrachtete er sein Spiegelbild auf der Wasserfläche und jammerte: „Ach du meine Güte, ich bin eher noch kleiner als zuvor! Und wie denn nicht, wo ich doch den ganzen Tag lang gelaufen bin. Da sind meine Beine von dem weiten Weg noch kürzer geworden."

Am Flußufer weidete eine Herde Kühe, und der ganz kleine Mann fragte die älteste Kuh: „Schwester Kuh, möchtest du mir nicht raten, wie ich so groß werden könnte wie du?"

„Das ist nicht schwer", sagte die älteste Kuh. „Friß einen vollen Korb Gras, dann wirst du den ganzen Tag lang ‚muh' rufen und so groß werden wie ich."

Der ganz kleine Mann freute sich. Er füllte einen Korb mit Präriegras, setzte sich davor und kaute und schluckte, und als er den ganzen Korb leergegessen hatte, setzte er sich beim Bach nieder und rief bis zum Abend nichts anderes als ‚muh'. Dann betrachtete er sein Spiegelbild auf der Wasserfläche und begann wieder zu jammern: „Ach, was zuviel ist, ist zuviel! Anstatt zu wachsen, bin ich wiederum ein Stück kleiner geworden. Und wie denn nicht, von dem Muhgeschrei bin ich geschrumpft."

Auf einer Pappel saß eine Eule, die sich gerade zu ihrem nächtlichen Beuteflug anschickte.

„Schwester Eule", jammerte der ganz kleine Mann, „möchtest du mir nicht raten, wie ich wenigstens so groß werden könnte wie du?"

Die Eule schüttelte den Kopf und fragte verwundert: „Wozu, um alles in der Welt willst du größer werden? Was hättest du davon?"

„Warum ich größer werden will? Damit ich jeden besiegen kann."

Die Eule schüttelte wieder den Kopf. „Wollte denn bisher jemand mit dir kämpfen?"

„Nein, nein, mich hat noch keiner zum Zweikampf gefordert", sagte der ganz kleine Mann stolz. „Wahrscheinlich haben alle Angst, ich könnte sie besiegen."

„Also mit wem möchtest du denn kämpfen, wenn alle Angst vor dir haben und niemand gegen dich antreten will?"

„Ich weiß es nicht, — und doch wäre ich für mein Leben gern größer", seufzte der ganz kleine Mann. „Ich bin so klein, daß ich kaum über einen Maulwurfshügel hinwegsehen kann. Und wenigstens einmal sollen meine Augen doch die verschneiten Gipfel der Berge erblicken."

„Das läßt sich einrichten", erwiderte die Eule. „Klettere nur auf diese Pappel, und die schneebedeckten Gipfel der Berge werden wie auf der Hand vor dir liegen."

Und sie breitete die Flügel aus und flog über die schweigende Prärie davon.

DER ZAUBERLEHRLING

„Es ist ein Kreuz mit unserem John", sagte die Fischersfrau seufzend. „Nichts merkt er sich, er weiß nicht eimal, wie viele Füße eine Kuh hat."

„Nun, es wird kein Advokat aus ihm, damit müssen wir uns abfinden", stimmte der Fischer zu, „auch Schreiber bei Gericht könnte er gewiß nicht werden."

„Was machen wir also mit ihm?"

„Es bleibt nichts anderes übrig, ich muß ihn den Fischfang lehren", sagte der Vater.

Anderntags fuhren Vater und Sohn aufs Meer hinaus.

Sie warfen die Netze aus, und der Fischer erklärte John, wie man sie wieder aus der Tiefe heraufziehen müsse.

Aber John beobachtete statt der Netze den Flug der Seeschwalben und die Sprünge der Delphine über die Meereswellen.

Der Fischer wurde böse, kehrte um und fuhr mit John ans Ufer zurück.

Da tauchte aus dem Nebel ein Boot auf, und in dem Boot saß ein Herr in einem langen schwarzen Mantel, mit einem hohen schwarzen Hut auf dem Kopf und weißen Handschuhen an den Händen.

Er kam ganz nahe an das Fischerboot heran und rief: „Ich will deinen Sohn in die Lehre nehmen. Vertraust du ihn mir an?"

Der Fischer kratzte sich hinterm Ohr.

„Warum nicht? Ich gebe Euch den Tunichtgut gern in die Lehre, nur weiß ich nicht, was meine Frau dazu sagen würde. Wartet bis morgen, gnädiger Herr, morgen will ich Euch sagen, ob meine Frau einverstanden ist."

„John ist ebenso dein Sohn wie der deiner Frau", sagte der Fremde im schwarzen Mantel stirnrunzelnd. „Ich muß deine Antwort heute haben. Morgen ist es zu spät."

Der Fischer überlegte eine Weile. Er wußte nun, daß sich sein

Sohn nicht einmal zum Fischfang eignete, und so willigte er nach einigem Zögern ein.

„Also gut, gnädiger Herr, nehmt unsern John in die Lehre. Aber unter einer Bedingung — über Jahr und Tag müßt Ihr John wieder nach Hause bringen."

„Das kann ich dir versprechen, Fischer", sagte der Fremde und er nahm John zu sich in das Boot und verschwand mit ihm im Nebel.

Die Apfelbäume in des Fischers Garten trugen Blüten und Früchte, dann fielen die Blätter herab und Schnee wirbelte durch die Luft, und wieder kam der Frühling, und wieder blühten die Obstbäume in des Fischers Garten.

Da tauchte aus dem Nebel ein Boot auf, und darin saß der Herr im langen schwarzen Mantel, mit dem hohen schwarzen Hut und den weißen Handschuhen. Ihm gegenüber bewegte ein hübsch gekleideter Bursche die Ruder, und als das Boot am Ufer anlegte, erkannten der Fischer und seine Frau ihren Sohn.

„Ich bringe euch euren Sohn, — wie ich es versprochen habe", rief der Herr aus dem Boot. „Aber viel hat er noch nicht gelernt. Könnte ich ihn nicht noch ein Jahr in der Lehre behalten?"

„Wenn wir es ein Jahr lang ohne John ausgehalten haben, werden wir es auch noch ein Jahr aushalten", rief der Fischer vom Ufer aus zurück.

Und John ergriff wieder die Ruder, und bald war das Boot im dichten Nebel verschwunden.

Da erst kam es dem Fischer und seiner Frau zu Bewußtsein, daß sie vergessen hatten, den Herrn zu fragen, was er ihren Sohn John eigentlich lehrte.

Im Garten waren die Apfelbäume abgeblüht, im Herbst erntete der Fischer schöne rote Äpfel, der Winter kam und wieder war es Frühling und die Obstbäume blühten, aber John kehrte nicht heim.

„Es bleibt dir nichts anderes übrig, du wirst unsern John suchen gehen müssen", sagte die Fischersfrau, und sie lag ihrem Mann so lange in den Ohren, bis er sich auf den Weg machte.

Sieben Tage lang war der Fischer unterwegs, und niemand hatte ihm etwas über seinen Sohn sagen können.

Am Morgen des achten Tages erblickte er unter einer Linde ein altes Weiblein, das an einer langen Pfeife schmauchte.

Der Fischer grüßte freundlich und fragte: „Habt Ihr zufällig hier in der Gegend unseren Sohn John gesehen? Man kann ihn leicht daran erkennen, daß ihm alles, was er anrührt, aus der Hand fällt und zerbricht, daß sieben Jahre lang kein Gras wächst, wohin er tritt, daß man an seiner Rede sofort merkt, er hätte lieber schweigen sollen."

Die Alte zog an ihrer Pfeife und brummte: „Natürlich kenne ich diesen Prachtkerl. Er ist bei meinem Sohn, dem Herrn im langen schwarzen Mantel, mit einem hohen Hut und weißen Handschuhen, in der Lehre."

„Und wo kann ich ihn finden?" fragte der Fischer. „Wie weit ist es von hier?"

„Von hier ist es nicht weiter, als vom Frühling bis zum Winter, aber viel näher, als vom Abend bis zum Morgen", brummte die Alte und zog wieder an ihrer langen Pfeife.

„Und wie werde ich ihn erkennen?" fragte der Fischer. „In den zwei Jahren hat er sich gewiß sehr verändert."

„Ja und nein", antwortete die Alte, „verwandelt wäre wohl richtig. Aber nun hör gut zu: Wenn du über dem Teich einen Schwarm Tauben kreisen und auf dem Damm eine alte Weide stehen siehst, dann schau dich gut um. Der Täuberich, der im Flug einen Kreis um den Schwarm macht, ist dein Sohn. Ruf ihm nur zu: John, John, lieber Sohn, warum verbirgst du dich?"

Der Fischer bedankte sich für den Rat und ging weiter.

Als er fast soweit gegangen war, wie vom Winter bis zum Frühling und vom Abend bis zum Morgen, kam er an einen großen Teich. Über dem Teich kreiste ein Schwarm Tauben, und auf dem Damm beugte ein alter Weidenbaum seine Zweige bis zum Wasser hinunter.

Der Fischer blickte zum Himmel, beschattete seine Augen mit der Hand, und was sah er? Ein Täuberich umflog die Schar.

„John, John, lieber Sohn, warum verbirgst du dich?"

In dem Augenblick verwandelte sich der alte Weidenstamm in den Herrn im langen schwarzen Mantel, mit dem hohen schwarzen Hut auf dem Kopf und den weißen Handschuhen an den Händen.

Und vor dem Fischer stand sein Sohn John.

„Nun, gehen wir!" sagte der Fischer zu seinem Sohn. „Mutter bäckt Kuchen, und ich habe Angst, daß sie anbrennen, wenn wir nicht bald heimkommen."

Als sie wieder zu Hause waren, warteten der Fischer und seine

Frau ungeduldig, was sie von ihrem Sohn erfahren würden, denn sie wußten ja noch immer nicht, was John bei dem Herrn gelernt hatte.

Aber John schwieg, wälzte sich träge unter dem Apfelbaum im Garten, trank Buttermilch und knabberte die Hühnerkeulen ab.

Zur Arbeit schien er nicht die geringste Lust zu haben.

An einem Sonntag ging der Fischer mit John in die Stadt zum Pferderennen.

Sie schauten zu, wie die Pferde aus den Stallungen geführt wurden, und der Fischer seufzte: „Hätte ich zwei Dollar in der Tasche, so würde ich gleich auf ein Pferd setzen. Vielleicht hätte ich Glück und gewänne."

„Da weiß ich etwas Besseres", sagte John. „Ich verwandle mich in ein Rennpferd, du schwingst dich auf meinen Rücken, und wir gewinnen das Rennen."

Der Fischer blickte seinen Sohn besorgt an, die Sonne brannte erbarmungslos, vielleicht hatte der arme Junge einen Sonnenstich bekommen!

Aber nun sah er — statt John stand da ein prachtvoller Rappe neben ihm, scharrte ungeduldig mit den Hufen und warf den Kopf hoch.

„Schau, schau, das sind aber Sachen", sagte sich der Fischer staunend, „statt meiner geflickten Jacke habe ich einen schönen Reitanzug an!"

„Schnell, schnell, das Rennen beginnt!" riefen die Veranstalter von der Rennbahn her dem Fischer im Reitanzug zu, „wie lange sollen wir denn auf Euch warten!"

Da überlegte der Fischer nicht lange, schwang sich auf den Rappen, ritt zur Rennbahn hinaus, und die Glocke ertönte.

Die Pferde stürmten vorwärts.

Um eine ganze Runde war der Rappe den übrigen Pferden voraus, und so gewann er das Rennen.

Der Fischer bekam einen ganzen Sack Dollars für den Sieg.

„Wieviel verlangt Ihr für den Rappen?" fragte ein Herr mit rostrotem Bart den Fischer. „Nennt einen Preis, so hoch Ihr wollt, dieses Pferd muß ich in mein Gestüt bekommen. Und wenn ich so viele Dollars für ihn zahlen müßte, als in einen löchrigen Waschtrog hineingehen, den Rappen muß ich haben!"

„Schlag ein, hab keine Angst, alles wird gut ausgehen", flüsterte der Rappe dem Fischer ins Ohr. „Aber vergiß nicht, mir die Zügel vom Kopf zu nehmen; wenn du sie unterwegs schwingst, werde ich eher zu Hause sein, als eine reife Birne vom Baum fällt.“

„Also, der Kauf gilt!“ stimmte der Fischer zu, und der Herr mit dem rostroten Bart ließ sofort einen löchrigen Waschtrog bringen. Seine Diener schütteten einen Sack Goldstücke nach dem andern hinein, aber der Trog war noch immer nicht voll.

Also ließ der Herr mit dem rostroten Bart auch noch den letzten Sack Goldstücke hineinschütten, aber der Waschtrog war immer erst

halb voll. Der Herr mit dem rostroten Bart wurde sehr traurig, er sagte:

„Nun werde ich das prachtvolle Pferd doch nicht bekommen.“

„Wißt Ihr was, Herr?“ sprach der Fischer. „Nehmt mein Pferd, und ich nehme mir das Gold, das aus dem löchrigen Waschtrog auf die Erde gefallen ist, und behalte überdies das Lederzeug, das mein Rappe auf dem Kopf hat.“

„Das laß ich mir gefallen!“ sagte der Herr mit dem rostroten Bart freudig.

Der Fischer machte sich auf den Heimweg, und hinter ihm zogen vierundzwanzig Pferde zwölf Wagen voll Goldstücke.

Als der Fischer mit dem Gold zu Hause angelangt war, blieb er vor seiner Hütte stehen, schwang die Zügel durch die Luft, und noch ehe eine reife Birne vom Baum gefallen war, stand sein Sohn John vor ihm.

Erst jetzt begriff der Fischer, daß Johns Lehrjahre bei dem Herrn im langen schwarzen Mantel, mit dem hohen Hut und den weißen Handschuhen nicht vergeblich gewesen waren.

Aber bis heute wissen der Fischer und seine Frau nicht, was ihr Sohn John bei dem Herrn im schwarzen Matel eigentlich gelernt hat.

DER FAULPELZ

Der Faulpelz Mike feierte Hochzeit, und die Nachbarn schenkten ihm einen Brotkorb voll Kleingeld.

„Das kommt mir gelegen", sagte Mike zufrieden, „da brauche ich nicht mehr zu arbeiten."

Nach der Hochzeit legte er sich auf die Ofenbank und schlief, und wenn er ausgeschlafen hatte, wartete er, bis er wieder einschlief.

Aber das Geld im Brotkorb wurde immer weniger.

Eines Tages fand Mikes Frau im Brotkorb das letzte Fünfcentstück.

„Jetzt kommen schlechte Zeiten", seufzte Mike, „morgen werde ich mir eine Arbeit suchen müssen."

„Das solltest du schon heute tun", meinte die Frau.

„Was für ein Tag ist heute?" fragte Mike.

„Montag."

Mike drehte sich um und murmelte. „Montag soll man nichts anfangen. Montag ist ein Kind, das Frau Sonntag zur Welt gebracht hat, wie meine Großmutter zu sagen pflegte, und Sonntag ist Ruhetag."

Die Frau winkte mit der Hand ab und ging zur Nachbarin, um etwas zum Essen auszuleihen.

Dienstag früh weckte sie ihren Mann: „Steh auf und geh dir eine Arbeit suchen."

„Was für ein Tag ist heute?"

„Dienstag."

„Da geh ich nirgendshin", sagte Mike gähnend. „Dienstag ist ein sonderbarer Tag. Weder Anfang der Woche, noch Mitte. Dienstag mag ich nicht."

Er drehte sich um und begann so laut zu schnarchen, daß die Pendeluhr an der Wand stillstand.

Am nächsten Tag weckte die Frau wieder ihren Mann.

„Was für ein Tag ist heute?" fragte Mike.

„Mittwoch. Höchste Zeit, daß du eine Arbeit findest."

„Mittwoch? Das ist Mitte der Woche. Da könnte ich bis zum Wochenende keine Arbeit mehr vollenden."

Er kuschelte sich unter die Decke und schlief gleich wieder ein.

Am Donnerstag rüttelte die Frau ihren Mann aus dem Schlaf und sagte ärgerlich: „Steh auf und such dir eine Arbeit, wir haben kein Stückchen Brot mehr im Haus."

„Was für ein Tag ist heute?"

„Donnerstag."

„Donnerstag?" fragte Mike verwundert. „Wenn ich bis Mittwoch keine Arbeit gefunden habe, werde ich sie am Donnerstag wohl schwerlich finden."

Und er schloß die Augen.

Am nächsten Morgen rüttelte die Frau ihren Mann aus dem Schlaf und schrie: „Steh auf, du Faulpelz, und such dir eine Arbeit!"

„Was für ein Tag ist heute?"

„Freitag."

„Freitag ist der Tag der Gehenkten. Am Freitag werden die Verurteilten aufgehängt. Freitag gehe ich nirgendshin."

Sonnabend morgens weckte die Frau verzweifelt ihren Mann: „Wenn du heute nicht aufstehst und eine Arbeit findest, wirst du sie nie mehr finden."

„Was für ein Tag ist heute?"

„Sonnabend."

„Sonnabend?" fragte Mike verwundert. „So schnell ist die Woche verlaufen? Sonnabend denkt jeder schon an Sonntag, wer hätte da Zeit für mich! Wecke mich erst am Montag."

Montag stand Mike nach langem Gähnen und Rekeln auf und ging vors Haus. Und da er noch ganz verdattert und vom Schlaf betäubt war, vergaß er den Fluß, der am Haus vorbeifloß. Er fiel ins Wasser und ertrank. Am Freitag — na, wir wissen ja, was das für ein Tag war — wurde er begraben.

DIE KAHLEN BERGE

Nicht weit von den grünen Bergen lebte ein Indianerstamm. Auf den Hängen jagten die Jäger das Wild, im Tal pflanzten die Frauen Mais und Melonen.

Eines Tages, gegen Mittag, wurde es plötzlich finster. Die Schwingen eines riesigen Vogels verdeckten die Sonne. Die Indianer erschraken und liefen schnell in ihre Wigwams.

Streitäxte, Pfeile und Bogen ergriffen die Krieger. Aber der rie-

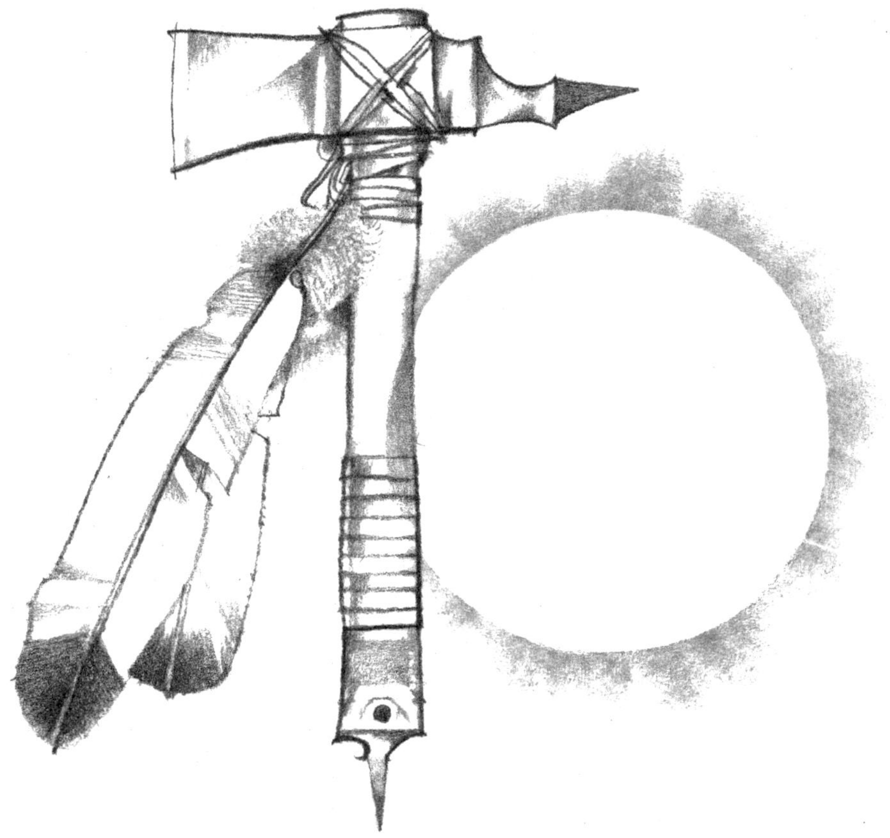

sige Vogel stieß einen so fürchterlichen Schrei aus, und unter seinen Schwingen erhob sich ein solcher Sturmwind, daß auch die Mutigsten ihre Gesichter verbargen.

Der Vogel flog über das Lager hinweg, hob sich in die Lüfte und flog in weitem Bogen auf die grünen Berge zu.

Die Sonne schien, als sei nichts geschehen, vom wolkenlosen Himmel herab.

Aber aus dem Wigwam des Häuptlings ertönte lautes Klagen. Die Frau des Häuptlings raufte sich die Haare, wand sich verzweifelt auf dem Boden. Der riesige Vogel hatte den kleinen Sohn des Häuptlings fortgeschleppt.

Ein Jahr verging.

Da verfinsterte sich eines Tages wieder der Himmel, und der riesige Vogel stürzte herab und verschleppte ein anderes Kind.

Jahr für Jahr geschah nun das gleiche. Die Indianer riefen den Großen Geist um Hilfe an, aber der schwieg.

Endlich beschloß der Häuptling, selbst zu handeln. Er rief alle erwachsenen Männer zusammen und sprach zu ihnen: „Ich habe beschlossen, nicht mehr zu warten, bis der Vogel wieder aus den Bergen herabgeflogen kommt und sich sein Opfer wählt. Wir werden in die Berge gehen und den Vogel töten."

Mit lauten Zurufen begrüßten die Männer die Entscheidung des Häuptlings.

Am anderen Morgen zogen die Indianer in die Berge. Sie kletterten immer höher und gelangten auf die weißen Felsen und auf der anderen Seite in ein ausgedehntes Tal. Dort sahen sie unzählige Vögel dicht aneinandergedrängt, und alle glichen dem, der Jahr um Jahr Unheil über ihr Dorf gebracht hatte.

Die Krieger befiel große Angst, sie verbargen ihre Gesichter im Gras und erwarteten, daß die Riesenvögel sich auf sie stürzen würden.

Nur der Häuptling blieb ruhig und besonnen. Er ahmte den Ruf eines kleinen Vogels nach. Seine Krieger kannten das Zeichen und wußten, was sie zu tun hatten, und daß es getan werden mußte.

Sie verteilten sich auf das ganze Bergplateau und steckten alles Gras und Gestrüpp in Brand.

Im weiten Kreis rund um die Riesenvögel flammte das Feuer auf.

Und der Große Geist entfachte einen mächtigen Sturm, der es den Vögeln unmöglich machte, aufzufliegen.

Als sich der Sturm gelegt hatte und das Feuer erloschen war, liefen die Indianer, nach den Vögeln zu sehen.

Es war nichts von ihnen übriggeblieben.

Bald deckte die Nacht das Gebirge und die Prärie mit ihrem schwarzen Mantel zu.

Die Männer streckten sich auf dem Felsen aus und schliefen ein. Sie hatten nichts mehr zu fürchten.

Am anderen Morgen stiegen sie wieder hinunter in ihr Dorf. Alles war gut.

Nur die Berge, die bis dahin grün gewesen waren, blieben nach dem Feuer für immer ohne Bewuchs und wurden fortan die Kahlen Berge genannt.

DER GEIZIGE FARMER UND DER KLUGE KNECHT

Es waren einmal drei Brüder, der Vater war gestorben, die Hütte baufällig, der Stall leer, in der Scheune knabberten die Mäuse an den letzten Weizenkörnern.

„Es muß etwas geschehen", sagte John, der älteste Sohn zur Mutter, „ich werde mich auf einer Farm nach Arbeit umsehen."

Er steckte ein Stück Brot in die Tasche und ging, wohin die Füße ihn trugen.

Gegen Abend kam er zu einer großen Farm.

„Braucht Ihr nicht einen Knecht?" fragte John den Farmer.

Der Farmer maß John von Kopf bis Fuß und nickte: „Wenn du ebenso gut zu pflügen und zu mähen verstehst, wie ich das Geld für das verkaufte Getreide zähle, will ich es mit dir versuchen."

So begann John bei dem Farmer zu arbeiten.

Aber nach einem Jahr kam er wieder heim, mit leeren Taschen.

„Haben dich unterwegs die Räuber überfallen?" fragte die Mutter verwundert.

„Niemand hat mich beraubt", erklärte der älteste Sohn, „wenn die Taschen leer sind, kann man kein Geld hervorholen. Ein ganzes Jahr lang habe ich bei einem Farmer gearbeitet, der betrog mich beim Essen und bei allem, wo es nur ging, und als ich ihn nach dem Lohn fragte, lachte er mich aus und sagte, den hätte ich längst aufgegessen."

„Da hört sich doch alles auf!" sagte Jim, der mittlere Bruder zornig und schlug mit der Faust auf den Tisch, „ich werde mich bei dem Schlaumeier verdingen. Mich wird er nicht betrügen!"

Er nahm sich ein Stück Brot mit auf den Weg und ging und gelangte schließlich zu der Farm.

„Könnt Ihr einen fleißigen Knecht gebrauchen?“ fragte Jim den Farmer.

„Ja und nein, Arbeit gibt es auf der Farm immer genug. Wenn du ebenso hart am Tage zu arbeiten verstehst, wie in der Nacht zu schlafen, will ich es mit dir versuchen“, willigte der Farmer ein.

Jim arbeitete unermüdlich.

Als ein Jahr um war, sagte er zu dem Farmer: „Das ganze Jahr lang habe ich nicht einen Dollar von Euch bekommen. Ich möchte meiner Mutter etwas Geld nach Hause bringen. Wie steht es um meinen Lohn?“

„Wovon redest du, Knecht?“ fragte der Farmer verwundert. „Wir haben doch nicht vereinbart, daß ich dir die Arbeit bezahle. Deinen Lohn hast du schon längst im Bett vorgeschlafen.“

Jim kam also ebenso arm zur Mutter und den Brüdern zurück, wie er sie vor einem Jahr verlassen hatte.

„Alles Geld hast du schon aufgebraucht?“ fragte die Mutter.

„Wie konnte ich etwas aufbrauchen“, erwiderte Jim, „was ich gar nicht erhalten habe.“

„Da werde ich wohl dem Schlaufuchs beikommen müssen“, sagte Jerry, der jüngste Bruder.

Und er steckte ein Stück Brot in die Tasche und ging.

Als er zur Farm kam, schritt der geizige Besitzer gerade über den Hof und zählte die Hühner.

Jerry grüßte und blieb vor dem Tor stehen.

„Was stehst du da und schweigst?“ fragte der Farmer. „Suchst du vielleicht eine Arbeit?“

„Eher sucht die Arbeit mich“, antwortete Jerry lachend.

„Willst du damit sagen, daß du gern bei mir arbeiten möchtest?“

„Gern oder ungern“, antwortete der Bursche, „ich habe nichts von Arbeit gesagt. Wenn Ihr niemanden brauchtet, hättet Ihr wahrscheinlich nicht gefragt.“

„Wie ich sehe“, sprach der Farmer, „hast du ein loses Mundwerk. Wenn du so gut zu pflügen und zu mähen verstehst, wie zu antworten, will ich es mit dir versuchen.“

„Es geht mir nicht so sehr um den Versuch“, sagte der Knecht, „als darum, was für einen Lohn Ihr mir zahlen wollt.“

Der Farmer kratzte sich hinterm Ohr. „Du wirst mich doch wohl nicht verdächtigen, daß ich dich betrügen will.“

„Betrügen oder nicht betrügen“, sagte Jerry, „ich vermag ebenso gut zu arbeiten wie Ihr auf Euer Geld aufpaßt. Darum können wir bald einig werden. Ihr gebt mir anständige Arbeit und am Ende des Jahres anständige hundert Dollar.“

Der Farmer sah, daß er dem Burschen nichts aufstecken konnte, kratzte sich hinter dem andern Ohr und brummte: „Meinetwegen. Hundert Dollar auf die Hand. Du sollst sie haben.“

Aber zugleich überlegte er, wie er den Knecht übertölpeln könnte.

„Ehe wir endgültig einig werden“, sagte Jerry, „müssen wir in allem übereinkommen. Und so schlage ich vor: Jedesmal wenn ich mich weigere, etwas zu tun, was ich tun könnte, verliere ich einen Monatslohn. Und jedesmal wenn ich aufhöre zu tun, was Ihr mir anbefohlen habt, zahlt Ihr mir einen Monatslohn mehr aus!“

Der Farmer freute sich. Jetzt war ihm der Bursche in die Falle gegangen. Dieser Knecht war eben doch nicht so schlau, wie er aussah.

‚Ich will dich schon drankriegen‘, sagte sich der Farmer. Und er willigte mit Handschlag ein.

Am nächsten Morgen weckte der Farmer seinen neuen Knecht.

„Iß schnell dein Frühstück und geh pflügen.“

Der Knecht aß sein Frühstück und sagte: „Könnte ich nicht gleich jetzt auch zu Mittag essen, damit ich nicht wegen des Mittagessens zurückkommen muß?“

Dem Farmer gefiel solche Rede.

‚So wird er ein größeres Stück Feld bestellen‘, sagte er zu sich selbst. Und nach einem Weilchen stellte die Frau des Farmers das Mittagessen für den Knecht auf den Tisch.

Der aß sich satt, wischte sich den Mund ab, trank ein Glas Most und sprach: „Wenn ich nun schon zu Mittag gegessen habe, könnte ich auch gleich zu Abend essen. Dann werde ich pflügen bis zur Dunkelheit und muß nicht wegen des Abendessens auf die Farm zurückkommen.“

„Das sind vernünftige Worte“, lobte der Farmer, „man sieht, du bist kein Nichtstuer.“

Die Frau des Farmers brachte auch das Abendessen.

Als Jerry gegessen und getrunken hatte, fragte er: „Was mache ich bei Euch nach dem Abendessen?“

„Nach dem Abendessen mußt du immer gleich schlafen gehen, damit du morgens wieder frisch bist."

„Na, dann gute Nacht", grüßte der Knecht höflich und ging in seine Kammer schlafen.

Der Farmer schüttelte den Kopf. Dann lief er Jerry in die Kammer nach und schüttelte ihn. „Steh auf, wer wird denn statt deiner pflügen?"

„Wer statt meiner pflügen wird, woher soll ich es wissen? Dafür weiß ich aber sehr gut, daß Ihr mir vor einem Weilchen befohlen habt, gleich nach dem Abendessen schlafen zu gehen. Jetzt nehmt Ihr den Befehl zurück und fordert mich auf, nach dem Abendessen pflügen zu gehen. Damit habt Ihr unsern Vertrag verletzt, und ich bekomme einen Monatslohn mehr."

Der Farmer schrie Zeter und Mordio, aber er konnte nichts tun.

Einige Tage später befahl er dem Knecht, die Kuh Melanie zu hüten, damit sie keinen Schaden im Maisfeld anrichte.

Der Knecht setzte sich an den Feldrain und hielt den ganzen Tag lang die Kuh Melanie an einem Strick fest, damit sie ihm nicht in das Maisfeld liefe.

Die anderen Kühe auf der Weide merkten bald, daß sich niemand um sie kümmerte und niemand sie anschrie, und so liefen sie flugs ins Maisfeld und taten sich an den Maiskolben gütlich.

„Bist du blind?" schrie der Farmer den Knecht an, „laß Melanie los und jag die anderen Kühe vom Feld, aber schnell!"

Jerry ließ Melanie los und trieb die anderen Kühe vom Maisfeld.

„Erst habt Ihr mir befohlen, Melanie zu hüten. Jetzt befehlt Ihr mir, Melanie loszulassen und die anderen Kühe vom Maisfeld zu treiben. Wir haben aber vereinbart, daß Ihr mir einen Monatslohn mehr zahlen müßt, wenn ich aufhöre zu tun, was Ihr mir anbefohlen habt." Der Farmer wurde krebsrot und raufte sich die Haare, aber was sollte er tun — Vertrag ist Vertrag.

Am nächsten Tag sagte der Farmer zu dem Knecht: „Wenn wir aufs Feld wollen, müssen wir immer um den Sumpf herumfahren. Geh und sieh zu, daß du einen ordentlichen Weg durch den Sumpf schaffst."

„Farmer", fragte der Knecht, „und wer hat den Weg über den Hügel ausgetreten?"

„Was fragst du so dumm“, sagte der Farmer verwundert. „Den Weg haben natürlich die Schafe ausgetreten.“

Der Knecht fragte nicht mehr weiter, schliff sein Messer und begann, die Schafsspuren auf dem nahen Hügel herauszuschneiden.

Mittags kam der Farmer auf den Hügel nachschauen, was sein Knecht dort eigentlich machte. Schon von weitem schrie er: „Hast du den Verstand verloren? Was machst du denn da?“

„Ich schneide nur die Schafsspuren heraus. Wenn nämlich die Schafe den Weg über den Hügel haben austreten können, werden ihre Spuren ausreichen, einen Weg durch den Sumpf zu legen. Schon morgen werden wir ohne Umweg aufs Feld fahren können.“

„Hör auf, hör sofort auf!“ schrie der Farmer.

„Na gut“, sagte Jerry, „so muß ich wieder aufhören zu tun, was Ihr mir am Morgen befohlen habt. Erst wolltet Ihr, daß ich einen Weg durch den Sumpf lege, und jetzt soll ich es wieder sein lassen. Also bekomme ich, wie wir es vereinbart haben, einen Monatslohn mehr.“

Der Farmer griff sich an den Kopf, aber da war nichts zu machen, er mußte Wort halten.

Tag für Tag hatte der Farmer dem klugen Knecht einen Monatslohn mehr anzurechnen. Vor Wut konnte er schon gar nicht mehr schlafen, er wälzte sich im Bett hin und her und grübelte nach, wie er dem Knecht beikommen könne, aber es fiel ihm nichts Vernünftiges ein.

Als er endlich begriff, daß der Knecht wirklich dreimal so viel Verstand hatte als andere Leute, rief er ihn zu sich und sagte: „Du hast mir schon genug Geld aus der Tasche gelockt. Pack dich und geh, wohin dich die Füße tragen. Ich kann dich nicht mehr brauchen.“

„Ja, ich will gehen“, sagte der Knecht lächelnd, „aber erst wenn Ihr mir auch das Gehalt auszahlt, das Ihr meinen zwei älteren Brüdern vorenthalten habt.“

Na, da machte der Farmer ein saures Gesicht. Aber er mußte in die Tasche greifen und dem Knecht alles bezahlen, was er ihm und seinen Brüdern schuldete.

„Und jetzt schau, daß du fortkommst, ich will dich auf meiner Farm nicht mehr sehen. Du wärst imstande, einem Stier ein Kalb zu entlocken!“

„Also gut, ich gehe“, nickte Jerry. „Aber als ich herkam, sagtet Ihr, ich solle bei Euch arbeiten. Jetzt aber sagt Ihr, ich solle aufhören zu arbeiten. Das ist gegen die Vereinbarung. Ich bekomme also noch einen Monatslohn dazu.“

Der Farmer riß sich vor Wut alle Knöpfe von der Jacke, aber das nützte ihm gar nichts. Er mußte noch einmal in die Tasche greifen und zahlen. Vertrag ist Vertrag.

Er zählte Jerry die Dollars auf die Hand, und der kehrte der Farm den Rücken und ging mit einem vollen Geldbeutel nach Haus.

Mehr wert als Gold ist ein bißchen Verstand,
lebt wohl, Farmer, ich reich Euch die Hand
zum Abschied für immer.
Mich seht Ihr nimmer.

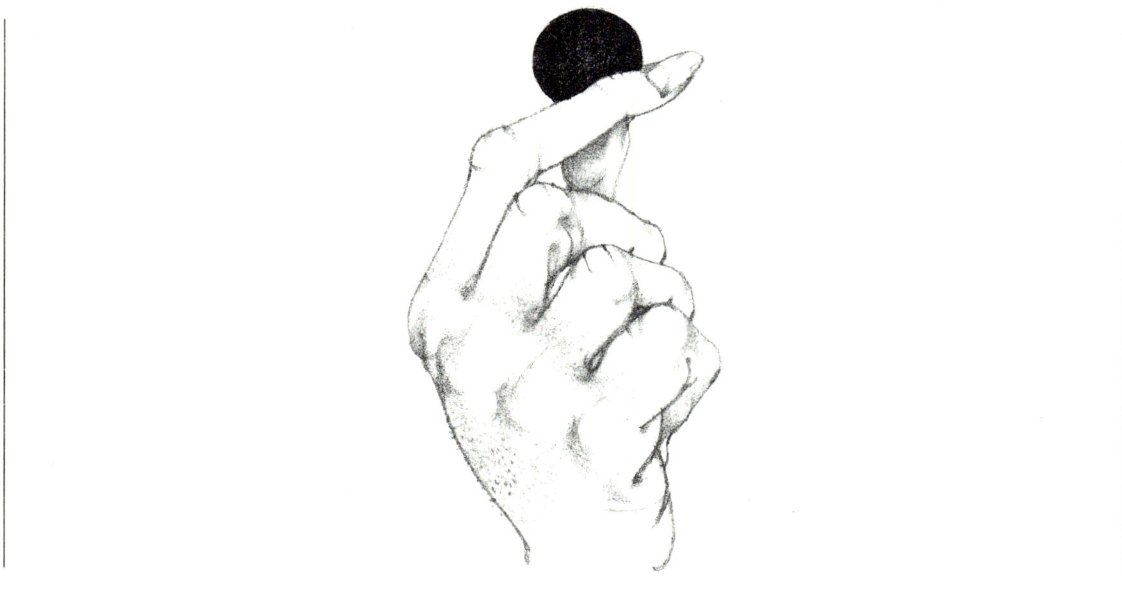

DIE HEXE AUS DEM TAL

Onkel Philipp war ein berühmter Jäger.

An einem Novembertag ging er mit seinen zwei Hunden auf die Jagd.

Es war neblig, er hatte kein Glück. Gegen Abend kam er zu einer Jagdhütte. Er machte Feuer im Kamin, aß und trank. Dann streckte er sich auf dem Lager aus, um zu schlafen. Die Hunde legten sich neben ihn auf den Fußboden.

Es dauerte nicht lange, und eine hübsche Auerhenne flog durch das offene Fenster in die Hütte und ließ sich auf dem Kaminsims nieder.

Wie sie so dasaß, begann sie sich aufzuplustern, wurde groß und größer und verwandelte sich auf einmal in eine knochige, buckelige Greisin im grauen Mantel. Auf dem Kopf hatte sie einen hohen spitzen Hut, dessen breite Krempe ihr ganzes Gesicht verdeckte.

Die Alte stieg vom Kamin herunter und näherte sich langsam dem Lager.

Onkel Philipp schlief nicht, er sah alles.

Die Hunde begannen zu knurren, sprangen auf, wollten sich auf die Alte stürzen.

„Befiehl den Hunden, daß sie sich niederlegen", kreischte die Alte.

„Salty, Ronny, kusch!" rief Onkel Philipp den Hunden zu, aber die gehorchten nicht. Die Alte riß sich ein weißes Haar aus und sagte: „Nimm es und binde die Hunde damit an."

Sie reichte das Haar dem Jäger, und das weiße Haar verwandelte sich in seiner Hand in ein schwarzes.

‚Sieh einer an', dachte Onkel Philipp, und er riß sich ein langes Haar aus seinem Bart und tat, als binde er die Hunde mit dem Zauberhaar an.

Als die Alte meinte, die Hunde seien mit ihrem Haar angebunden, warf sie sich auf das Lager und würgte Onkel Philipp am Hals.

Die Hunde sprangen auf, sie wollten die Hexe fassen.

„Zieh dich zusammen, Schlinge aus meinem Haar", zischte die Hexe.

Aber der Jäger rief: „Lockere dich, Schlinge aus meinem Barthaar!"

Da faßten die Hunde die Alte und die ließ den Jäger los und eilte, daß sie aus der Hütte kam und lief, ohne sich auch nur ein einziges Mal umzudrehen.

Die Alte lief über Stock und Stein, aber die Hunde liefen ihr nach, die Alte sprang über den Bach, aber die Hunde sprangen ihr nach, die Alte kletterte einen steilen Hang hinauf, aber die Hunde gaben die Verfolgung nicht auf. Schließlich gelang es der Hexe, im Gebirge in einen Felsspalt zu schlüpfen, der sich hinter ihr schloß.

„Hätte der alte Hund so viele Zähne im Maul wie der junge, und hätte der junge den Verstand des alten Hundes", klang es heulend aus dem Felsen, „wäre ich ihnen gewiß nicht entkommen."

Die Hunde kläfften noch eine Weile vor dem Felsen, dann liefen sie zu ihrem Herrn in die Jagdhütte zurück.

Am nächsten Tag ging Onkel Philipp nach Hause. Er hängte das Gewehr an die Wand und wartete, daß seine Frau, Tante Betty, ihm das Essen auftrug.

„Das war heute eine schreckliche Nacht", klagte Tante Betty. „Der alte Fox kam nach Mitternacht hergelaufen. Um seine Tochter steht es ziemlich schlimm."

„Katherine?" fragte Onkel Philipp verwundert. „Erst gestern sah ich sie noch."

„Ja, ja, das Übel ist wie von der Decke auf Katherine heruntergefallen", erzählte Tante Betty. „Abends hat der alte Fox sie aus dem Haus gehen gehört. Er wollte sie fragen, was sie vorhabe, aber er hatte keine Lust aufzustehen. Also hat er sie nicht gefragt. Vor Mitternacht hörte er dann ein Fenster klirren. Da ging er in Katherines Zimmer und sah, daß das Mädchen in einen alten Mantel gehüllt, auf dem Fußboden lag — und hörte, wie sie mit schwacher Stimme von zwei Hunden sprach, denen sie entkommen müsse. Ich bin mit dem alten Fox gegangen, um nach Katherine zu sehen. Es war, wie er es erzählt hatte, das Mädchen redete unaufhörlich von zwei Hunden, die es verfolgten."

Onkel Philipp hob den Kopf. „Warte noch mit dem Essen", sagte er. Dann rief er die Hunde und ging.

Als sie sich dem Haus des alten Fox näherten, zogen die Hunde die Schwänze ein und liefen zurück. Vergebens pfiff Onkel Philipp nach ihnen.

„Sonderbar", sagte er kopfschüttelnd, „bisher haben sie mir immer gehorcht."

Der alte Fox saß verstört am Fenster, schaute mit leeren Augen in den düsteren Herbsttag hinaus und wies, als Onkel Philipp in die Stube trat, wortlos mit dem Kopf zu Katherines Zimmertür.

Das Mädchen lag tot im Bett.

Am Hals hatte sie Spuren von Hundebissen.

„Wie konnte das geschehen?" fragte Onkel Philipp.

„Niemand weiß es", sagte der alte Fox. „Im Fieber wollte Katherine unentwegt zwei Hunde von sich jagen. Und in der geballten Hand hielt sie ein Stückchen weißes Heidekraut, das nur oben auf dem Hang bei dem zerklüfteten Felsen wächst."

Onkel Philipp nickte schweigend.

Jetzt wußte er, wer in der Nacht versucht hatte, ihn in der Jagdhütte zu würgen. Katherine war es gewesen, obwohl sie ihm doch sehr zugetan war — oder vielleicht gerade deswegen?

DER ZIEGENBOCK UND DAS ROTE TASCHENTUCH

In einer Hütte, unweit der Bahnstrecke, wohnte ein alter Mann mit seiner alten Frau.

Der Mann saß den ganzen Tag lang vor dem Kamin und las im Kalender, und bei dem ewigen Lesen war er schon ganz gelb und ausgetrocknet.

„Komm zum Mittagessen", sagte die Frau, „damit es nicht kalt wird."

„Ich lese nur noch diese Seite zu Ende", sagte der Alte, „denk dir, da steht: Fische fängt man am besten mit der Angel, wenn der Wind sanft vom Süden her weht. Er darf auch von Südwesten, eventuell auch vom Westen her wehen. Dieser Kalender ist wirklich unbezahlbar!"

Das Mittagessen wurde kalt, mit dem Alten ließ sich nicht vernünftig reden, also aß die alte Frau lieber allein, ehe die Speisen kalt wurden.

Sie war deshalb hübsch rundlich, während der Alte vertrocknete wie ein Schilfrohr im Winter.

Aber ihm machte das gar nichts aus, er las in seinem Kalender und war zufrieden.

Im Stall hatten sie einen alten scheckigen Ziegenbock.

Und dieser bärtige Teufel quälte die alte Frau schon seit langer Zeit: er fraß alles, was ihm in den Weg kam. Einmal war es ein Hemd des alten Mannes, ein andermal ein Rock der alten Frau, er fraß die besten Salatköpfe im Garten, die Handtücher von der Leine, einen ganzen Beutel Linsen aus der Kammer, und dann schaute er sich noch weiter um.

Der alte Mann kümmerte sich nicht darum, was der Ziegenbock fraß. Er saß bequem beim warmen Ofen, las in seinem Kalender und war zufrieden. Seinetwegen konnte der Ziegenbock auch den Strohsack auffressen!

Aber die alte Frau hatte einen Zorn auf das Tier, und jedesmal wenn es etwas gefressen hatte, was ihm nicht zugedacht war, stürzte sie in die Stube und auf den Alten zu und rief: „Ach, du Faulpelz, du Nichtsnutz, du alter Bücherwurm! Da sitzt du hübsch in deiner Ecke, die Nase im Kalender, als wäre nichts geschehen! Komm schnell und verprügle den verflixten Ziegenbock, er hat schon wieder was ausgefressen!"

Vergeblich wehrte sich der Alte, umsonst wollte er sich hinter den Seiten seines Kalenders verstecken, den Kopf fast in den Kamin stecken. Die Alte zerrte ihn beim Rockschoß hinaus, und er mußte wohl oder übel dem naschhaften Ziegenbock nachlaufen.

Eines Tages war der Alte beim Ofen eingenickt, der Kalender glitt ihm aus der Hand. Als er erwachte, bückte er sich, um ihn aufzuheben und weiterzulesen. Als aber die Geschichte gerade am spannendsten war, kitzelte es ihm in der Nase und — hattschi! mußte er niesen, daß die Fensterscheiben klirrten. Schnell griff er in die Tasche nach seinem Taschentuch.

Die Tasche war leer.

Er schaute sich um: gerade verschwand ein Zipfel seines roten Taschentuchs im Maul des Ziegenbocks.

Da wurde der Alte doch böse. Er nahm einen festen Strick, wikkelte ihn dem Ziegenbock um den Hals und zog ihn zur Bahnstrecke. Dort band er ihn kurzerhand an die Schienen, aber so, daß er sich nicht losreißen oder den Strick durchbeißen konnte.

Von fern her hörte man das Pfeifen des Zuges.

Im letzten Moment tat dem Alten der Ziegenbock leid, und er drückte die Augen fest zu, um nicht sehen zu müssen, wie der schekkige Ziegenbock unter den Rädern des Zuges verschwand.

Da hörte er, wie der Zug bremste. Er öffnete die Augen und — siehe! — der Ziegenbock hielt das rote Taschentuch zwischen den Zähnen und schwenkte es hin und her.

Der Zug hielt an.

Mit dem roten Taschentuch des Alten hatte der Ziegenbock sich das Leben gerettet.

„Na komm, du Nimmersatt!“ sagte der Alte, klopfte dem Ziegenbock auf den Rücken und führte ihn wieder nach Hause.

Und so sitzt der alte Mann weiter über seinem Kalender, und die alte Frau schimpft, und der Ziegenbock schnüffelt in allen Ecken nach einem guten Happen.

WARUM DIE NEGERINNEN SCHWER ARBEITEN MÜSSEN

Eines Tages, als die schwarzen Sklaven noch für die weißen Herren arbeiten mußten, kam ein alter Wanderer in die Gegend. Und wie er sich so dahinschleppte, fiel ihm sein großer Sack auf die Erde.

Das sah der Herr, und er rief dem Neger zu: „Geh, Sam, und hebe den Sack auf. Wir wollen schauen, was darin ist."

Aber Sam war zu träge, um den Sack aufzuheben.

Er ging also in die Hütte und sagte zu seiner Frau: „Geh, Sal, heb den Sack auf, der auf dem Weg liegt. Der Herr befiehlt es."

„Warum nicht", sagte Sal bereitwillig, „aber ich will auch sehen, was in dem Sack ist."

Und die schwarze Sal ging hin, hob den großen Sack vom Boden auf und öffnete ihn.

Er war bis zum Rand mit schwerer Arbeit gefüllt.

Hätte der Herr oder Sam den Sack geöffnet, wäre sie ihnen zugefallen.

So aber mußten die Negerfrauen die schwere Arbeit auf sich nehmen.

DIE STIEFMUTTER UND DER PRINZ

Es waren einmal ein König und eine Königin, die hatten einen Sohn. Eines Tages wurde die Königin krank. Als sie wußte, daß ihre Stunden nur noch gezählt waren, sagte sie zum König: „Versprich mir, daß du dich erst dann wieder verheiratest, wenn unser Sohn groß genug ist, für sich selbst zu entscheiden."

Der König versprach es, und am selben Abend starb die Königin.

Ein Jahr nach dem andern verging, der Königssohn wuchs zu einem stattlichen Jüngling heran, und der König lebte noch immer allein.

Aber die Untertanen murrten, sie wollten eine neue Königin haben. In den Gasthäusern und auf den Märkten, in den Werkstätten und auf den Dorfplätzen sprach man bald von nichts anderem mehr.

„Ein Königreich ohne Königin, das ist wie der Taghimmel ohne die Sonne", sagten die einen.

Und die anderen, die von solchen Vergleichen nichts hielten, sagten: „Ein Königreich ohne Königin hat keinerlei Bedeutung."

Ja, so war das.

Und als die Stimmen, die dies miteinander sprachen, immer lauter wurden, beschloß der König eines Morgens ärgerlich, die Erstbeste, die ihm an diesem Tag über den Weg käme, zu heiraten.

Davon wollten seine Räte nichts wissen.

„Die Erstbeste — wie stellt ihr euch das vor? Es könnte ja ebensogut eine Prinzessin wie eine Küchenmagd sein. Und eine Küchenmagd wollt Ihr doch gewiß nicht heiraten."

Der König besann sich. Seine Räte hatten recht. Aber was ist das für ein König, der seinen Worten untreu wird, der beschließt und seine Beschlüsse nicht ausführt? Und der König blieb dabei: die erstbeste Frau, die ihm über den Weg käme, wollte er heiraten. Damit ihm aber nicht etwa tatsächlich eine der Mägde über den Weg liefe, verließ der König das Schloß durch einen Geheimgang. Auf seinen morgendlichen Ausritt wollte er selbst an diesem Tag nicht verzichten.

Doch kaum hatte sich das große Tor in der Mauer hinter ihm geschlossen, da stand vor ihm ein Weib, das war so häßlich, wie altes, ungereinigtes Tongeschirr.

„Ich warte hier schon seit dem frühen Morgen auf Euch", sagte

es und zeigte dabei den einzigen krummen Zahn, den es im Mund hatte. „Sagt, wann wollen wir Hochzeit halten? Der Winter naht und da möchte ich gern meine Füße am Kamin im königlichen Palast erwärmen."

Der König machte eine Handbewegung, als wollte er eine lästige Fliege verjagen, und sprach: „Was fällt dir ein, du Unglückliche. Da hast du zehn Goldstücke, wenn du sie gut einteilst, wirst du zehn Winter keine kalten Füße bekommen."

Aber das Weib warf den Beutel mit den Goldstücken auf den Boden, stemmte die Hände in die Hüften und schrie: „Was ist das für ein König, der sein Wort nicht hält! Habt Ihr nicht erklärt, Ihr werdet die erstbeste Frau heiraten, die Euch begegnet? Bin ich es nicht? Und wäre ich nicht überaus dumm, wenn ich einen solchen Tausch machen wollte!"

Was sollte der König machen?

Er hob die Alte auf sein Pferd, brachte sie ins Schloß und weihte dort nur seinen treuesten Diener ein. Der erschrak, als er sah, was für ein gewöhnliches Weib die neue Königin werden sollte. Aber er tat, was ihm befohlen war, er brachte die Braut in das Turmgemach und richtete dem Hofschneider aus, er möge binnen drei Tagen ein Hochzeitskleid nähen und ja nicht vergessen, nur den dichtesten Schleier, den er in der Stadt fände, zu umsäumen.

Der Schneider schickte gleich zwei seiner Gesellen aus, die auf allen Märkten der Stadt nach dem rechten Schleier suchten. Und sie fanden einen, der so dicht war, daß nicht einmal eine Eintagsfliege hätte erkennen können, was er verbarg.

So sah auch am Tag der Hochzeit niemand, was für ein gewöhnliches Weib die neue Königin war. Und damit es auch gewiß niemand erführe, hatte der König verlangt, daß sie an niemanden das Wort richte und auf jedwede Frage nur nicken oder den Kopf schütteln dürfe.

Die Alte wußte wohl selbst, daß sie ein Tratschweib war, das allerlei und doch nichts Rechtes zu sagen wußte. Und so tat sie, was der König verlangt hatte: sie schwieg und nickte oder schüttelte nur dann und wann den Kopf.

Dem Prinzen kam das Verhalten der Stiefmutter sehr merkwürdig vor, und als diese auch nach der Hochzeit den Schleier nicht ablegte, beschloß er, herauszufinden, was es mit dem merkwürdigen Verhalten auf sich habe. Er ging hin und bat die Stiefmutter, mit ihm eine Partie Schach zu spielen.

Die Alte nickte, und das hieß, daß sie einverstanden war.

Der Prinz wollte sie jedoch zum Sprechen bringen, und er wußte auch, wie das geschehen sollte.

„Ich bin es gewohnt, jede Partie zu gewinnen. Sollte es dieses

Mal aber wider Erwarten anders sein, so habt Ihr einen Wunsch offen“, sagte er. Da schlug die Alte sich auf die Knie und rief:

„Ein achtbeiniges Hühnchen wünsche ich mir!“

Da wußte der Prinz genug, und er ließ die Stiefmutter die Schachpartie gewinnen.

„Also“, sagte er dann, „ich bringe Euch ein achtbeiniges Hühnchen. Damit Ihr mich aber als erste von allen erblickt, wenn ich heimkomme, steigt auf den höchsten Schloßturm und erwartet mich.“

Die Alte war einverstanden. Sogleich kletterte sie auf den höchsten Turm, und der Prinz, nicht faul, zog die Leiter unter ihr fort.

Dann machte er sich auf und zog in die Welt hinaus. Und die Alte sitzt noch immer auf dem Schloßturm und hält Ausschau, ob der Prinz mit einem achtbeinigen Hühnchen nach Hause kommt.

WELPE UND DER WOLF

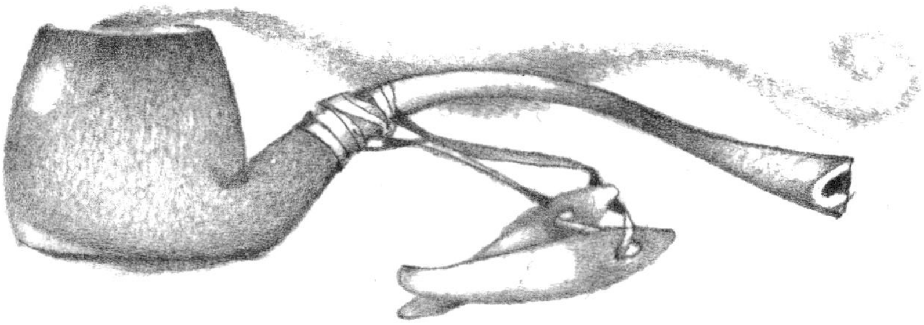

In der Frühe kam die Indianerfrau aus ihrem Zelt gelaufen, raufte sich die Haare und rief: „So ein Unglück! Der graue Wolf hat meinen Mann erwürgt."

Die Jäger liefen herbei, aber den Toten konnten sie nicht wieder zum Leben erwecken.

„Dort läuft er!" rief der Jäger Bärentatze, und er zeigte zum Wald hin.

Ein grauer Wolf, groß wie ein Kalb, verschwand im Dickicht.

In der kommenden Nacht schlich der graue Wolf wieder ins Dorf, erwürgte zwei Männer und verschwand.

Die dritte Nacht kostete drei Dorfbewohner das Leben.

„Wir müssen in den Wald gehen und den Wolf töten", entschied der Häuptling und schickte vier Jäger aus. Aber keiner kehrte von der Jagd zurück.

Also schickte der Häuptling fünf Männer in den Wald, doch auch sie kamen nicht wieder.

Da ließ der Häuptling überall verkünden, was geschehen war, und bat um Hilfe.

Als erster kam ein Engländer ins Dorf. Er trug kurze Hosen und ein langes Gewehr.

„Ich werde den Wolf erschießen", brüstete er sich, „am Abend bringe ich euch sein Fell. Aber zuerst will ich noch Tee trinken, um mich für die Jagd zu stärken."

Er setzte sich ans Feuer und kochte in einem kleinen Kessel Wasser. Als er aber gemächlich den heißen Tee schlürfte, schlich sich aus dem Dickicht der graue Wolf heran und erwürgte den Engländer.

Am nächsten Tag kam ein Deutscher ins Dorf geritten. „Zuerst muß ich in den Büchern studieren, wie man Wölfe jagt", sagte der Deutsche, setzte sich unter einen großen Eichenbaum, zog drei dicke Bücher aus dem Rucksack und blätterte darin.

Aus dem Dickicht schlich der graue Wolf heran und erwürgte den Deutschen.

Am dritten Tag erschienen in einer eleganten Kutsche zwei Franzosen. Sie setzten sich nahe an das Dickicht, aus dem der Wolf aufzutauchen pflegte, tranken Wein und warteten. Endlich blitzten im Walddunkel die Augen des Wolfs.

Der eine Franzose hob das Gewehr und zielte.

Dann senkte er es aber wieder, reichte es dem andern Franzosen und sagte höflich: „Nach Ihnen, mein Herr."

Ehe der andere Franzose zielen konnte, sprang der graue Wolf aus dem Gebüsch und erwürgte beide Jäger.

Ein paar Tage später kamen drei Amerikaner ins Dorf. Sie hatten schöne glänzende Gewehre und die Jagdtaschen voll mit Beefsteaks. Sie brieten das Fleisch am Rost, aßen und tranken Milchkaffee und begannen langsam damit, ihre Gewehre zu putzen und mit Leinöl zu schmieren.

Inzwischen hatte sich leise der graue Wolf aus dem Dickicht herangeschlichen. Er erwürgte die drei Amerikaner, noch ehe sie ihre Gewehre laden konnten.

Unten im Tal pflückten mexikanische Tagelöhner auf einer Plantage die Baumwolle. Mit ihnen arbeitete auch ein kleiner Junge, den sie Welpe nannten. Die Tagelöhner sprachen bei der Arbeit über den grauen Wolf, und Welpe hörte aufmerksam zu.

Er warf den Leinensack mit den Baumwollkapseln hin und sagte: „Ich werde den Wolf töten." Alle lachten ihn aus.. „Das schlag dir aus dem Kopf, Junge, dem Wolf konnte nicht einmal der Engländer beikommen, der hat auch den Deutschen, die Franzosen und die Amerikaner erwürgt. Und du hast noch nicht einmal ein Gewehr!"

Aber Welpe ließ sich nicht von seinem Vorhaben abbringen und machte sich sofort auf den Weg ins Indianerdorf.

Er nahm nichts anderes mit als drei Spiegel. Einen großen, einen kleineren und einen ganz kleinen.

Als er das Dorf erreicht hatte, fragte er, von wo sich der graue Wolf denn heranschleiche. Die Jäger zeigten zum Wald hin und bedauerten den Jungen, der sein junges Leben so nutzlos aufs Spiel setzte.

Welpe zog den größten Spiegel aus dem Sack, lehnte ihn an einen Baum und verbarg sich hinter einem Stein.

Nach einer Weile schlich der graue Wolf aus dem Wald heran und sah sich im Spiegel.

Ich wußte gar nicht, daß ich so groß bin. Da brauche ich ja den stärksten Feind nicht zu fürchten. Und gleich rannte er ins Dorf und erwürgte zwei Pferde.

Der Häuptling war böse und sagte zu Welpe: „Du hast uns wahrhaftig gut geholfen."

Welpe beschwichtigte den Häuptling: „Habt Geduld, Ihr werdet es sehen, ich töte den Wolf."

Am nächsten Tag ging der Mexikanerjunge wieder in die Nähe des Waldes, zog den kleineren Spiegel aus dem Sack und lehnte ihn an einen Baum.

Der graue Wolf kam aus dem Dickicht hervor und schritt geradewegs auf den Spiegel zu. Er schaute hinein und brummte: „Wie sonderbar! Gestern war ich so groß, daß ich nicht davor zurückschreckte, zwei Pferde zu erwürgen. Wieso bin ich nur über Nacht kleiner geworden? Ob ich mich vielleicht zu sehr angestrengt habe? Ob zwei Pferde einfach zuviel für mich sind?"

Und der graue Wolf schlich ins Dorf und erwürgte ein Fohlen.

Dieses Mal machte der Häuptling Welpe keinen Vorwurf. Vielleicht hatte der Junge doch mehr Verstand im Kopf als man dachte.

Am anderen Tag begab sich Welpe zum dritten Mal in die Nähe des Waldes. Aus dem Sack zog er den ganz kleinen Spiegel, lehnte ihn an einen Baum und versteckte sich hinter einem Stein.

Nicht lange danach kam der Wolf aus dem Wald hervor und lief geradewegs zu dem Spiegelchen.

Kaum hatte er hineingeschaut, begann er zu jammern: „Oh, dies ist mein Ende! Ich habe mich über Nacht in ein Wolfsjunges verwandelt. Nur schnell weg von hier, sonst fangen mich noch die Jäger und ziehen mir das Fell über die Ohren."

Und der Wolf zog den Schwanz zwischen die Hinterbeine und flüchtete in den Wald.

Welpe, der Mexikanerjunge, wurde von dem Häuptling ins Indianerdorf geführt. Dort bewirtete man ihn reichlich und schenkte ihm das schönste Pferd und einen Hut mit einer breiten Krempe dazu.

DAS GELBE BAND

Im grünen Haus wohnte die kleine Janet.

Im weißen Haus gegenüber wohnte der kleine John.

Sie spielten jeden Tag miteinander.

Aber ob sie nun Ball oder Verstecken spielten, ob Wassermann oder Blindekuh, immer trug Janet ein gelbes Band am Hals.

„Warum legst du das gelbe Band niemals ab?" fragte der kleine John manchmal verwundert.

Und Janet antwortete jedesmal: „Das darf ich dir nicht sagen."

Dann gingen John und Janet in die Schule, und als sie die erste Klasse beendet hatten, fragte John vor der Abreise in die Ferien wieder einmal: „Warum legst du das gelbe Band niemals ab?"

„Das darf ich dir nicht sagen", antwortete Janet.

Die Jahre vergingen, und immer vor den Ferien fragte John: „Warum legst du das gelbe Band niemals ab?"

Und Janet antwortete jedesmal: „Das darf ich dir nicht sagen."

Dann begannen John und Janet in der Stadt zu studieren. An den Samstagen kamen sie nach Hause, machten auf ihren Fahrrädern Ausflüge oder gingen tanzen, und sie verliebten sich ineinander.

Und wieder fragte John: „Warum legst du das gelbe Band niemals ab?"

Und wieder antwortete Janet: „Das darf ich dir nicht sagen."

John und Janet beendeten ihr Studium, und bald darauf feierten sie Hochzeit.

Beim Hochzeitsessen fragte John leise: „Kannst du mir auch heute nicht sagen, warum du von klein auf ein gelbes Band um den Hals trägst?"

„Nein", antwortete Janet, „ich kann es dir auch heute noch nicht sagen."

Viele Jahre vergingen, John ergraute, auch Janet hatte schon ein paar graue Haare, und als die beiden goldene Hochzeit feierten, sagte

Großvater John zu Großmutter Janet: „Auf die alten Tage könntest du mir doch auch endlich verraten, warum du immer ein gelbes Band um den Hals trägst."

Aber Großmutter Janet schüttelte wieder nur den Kopf und sagte: „Wenn du schon so lange auf die Antwort gewartet hast, wirst du es doch wohl noch eine Zeitlang aushalten."

Dann wurde Großmutter Janet krank, und eines Morgens beugte Großvater John sich zu ihrem Bett hinab und fragte: „Willst du mir denn noch immer nicht sagen, warum du von klein auf ein gelbes Band um den Hals trägst?"

Da sah Großmutter Janet Großvater John zärtlich an und sagte leise: „Also gut, jetzt ist es an der Zeit, du darfst das gelbe Band aufbinden."

Vorsichtig löste der Großvater das gelbe Band — und Großmutters Kopf fiel ihr vom Hals herunter.

DER BAUM MIT DEN GOLDENEN ÄPFELN

Es war einmal ein König, um dessen Gesundheit stand es nicht zum besten.

Vor dem Schloß gab es aber einen Baum, und an dem reifte Nacht für Nacht ein goldener Apfel.

Jeden Morgen beugte sich der König aus dem Fenster, pflückte den Apfel und aß ihn.

Die goldenen Äpfel erhielten dem König das Leben. Sobald er einen gegessen hatte, spürte er, wie er zu neuen Kräften kam.

Eines Morgens, als sich der König aus dem Fenster beugte, um wie gewöhnlich den Apfel, der in der vorhergehenden Nacht reif geworden war, zu pflücken, erfüllte ein Rauschen die Luft. Ein Vogel, dessen Gefieder aus purem Gold war, ließ sich auf dem Baum nieder, riß mit seinem Schnabel den Apfel ab und trug ihn davon.

Der König ließ seine drei Söhne rufen, und erzählte ihnen, was geschehen war und was geschehen würde, gelänge es nicht, den Dieb zu töten.

„Der goldene Vogel wird wiederkommen, Nacht für Nacht, und so wird mein Leben denn bald am Ende sein."

Der älteste Sohn sagte: „Ich werde den Dieb töten, denn ich bin ein guter Schütze."

Der König ließ Pfeil und Bogen herbeiholen, und der älteste Prinz nahm beides und ging, dem goldenen Vogel aufzulauern. Aber kaum war es Abend geworden, überfiel ihn große Müdigkeit. Er lehnte den Kopf an den Baum und schlief ein.

Als der Prinz erwachte, stand die Sonne schon hoch am Himmel. Und der König wartete vergeblich, daß man ihm gute Nachricht brächte. Wieder hatte der Vogel den Apfel, der in der Nacht reif geworden war, gepflückt und davongetragen.

Am Abend dieses Tages setzte sich der mittlere Königssohn unter den Baum und wachte die ganze Nacht.

Aber gegen Morgen wurde er so müde, daß er einschlief.

Und gleich flog der goldene Vogel herbei, pflückte den goldenen Apfel und trug ihn davon.

Nach Sonnenuntergang setzte sich der jüngste Prinz unter den Baum, legte Pfeil und Bogen zurecht und wachte die ganze Nacht.

Als der Morgen dämmerte, erstrahlte am Himmel ein Licht, und der goldene Vogel kam geflogen und ließ sich auf dem Baum nieder.

Der Prinz spannte seinen Bogen und schoß den Pfeil ab, doch der traf nur eine goldene Feder, und die fiel herab.

Der goldene Vogel aber pflückte den Apfel und flog, noch ehe der Prinz ein zweites Mal seinen Bogen gespannt hatte, wieder davon.

Großer Jammer erfüllte das Schloß, als der Prinz es, den Kopf gesenkt, mit leeren Händen betrat.

‚Was soll jetzt geschehen?‘ dachten alle.

Aber keiner wußte einen Rat.

„Es bleibt nichts anderes zu tun, als in die Welt zu ziehen und den Ort zu suchen, an den der goldene Vogel die Äpfel trägt“, sagte der älteste Prinz, nachdem er alles gut bedacht hatte.

Und er beschloß, keinen Tag länger zu warten. Er nahm Brot und Fleisch, verabschiedete sich von den Brüdern und von seinem Vater, dem König, und machte sich auf den Weg.

Als er an den Rand eines Waldes kam, setzte er sich unter eine alte Eiche, holte Brot und Fleisch aus dem Ranzen hervor und begann zu essen.

Da kam aus dem Gebüsch ein Fuchs, der sagte mit menschlicher Stimme: „Es ist nicht meine Art, jemanden um etwas zu bitten, aber ich habe schon seit drei Tagen keinen Bissen mehr zwischen die Zähne bekommen, und darum bitte ich dich um ein Stück Fleisch.“

Der Prinz blickte den Fuchs verwundert an und sagte: „Gebe ich dir heute etwas ab, so werde ich morgen vielleicht selbst Hunger leiden, also gebe ich dir nichts.“

„Du bist geizig“, sagte der Fuchs, „aber ich bin nicht rachsüchtig, und darum will ich dir trotzdem helfen. — Höre also! Wenn die Nacht kommt, wirst du dir ein geeignetes Nachtlager suchen müssen. Der Weg führt durch den Wald in eine Stadt. An der dritten Biegung steht ein großes Haus mit hell erleuchteten Fenstern, aus denen jede

Nacht Musik erschallt. Ihm gegenüber steht ein niedriges Häuschen, in dessen einzigem Fenster nur schwaches Licht glimmen wird. Dort wohnt eine alte Frau, die bei ihrer Arbeit von früh bis spät die alten Lieder singt. Gehe dorthin, wo du es für gut befindest. Aber denke daran, Bescheidenheit ist eine große Tugend. Mehr kann ich dir nicht sagen."

Mit diesen Worten verschwand der Fuchs wieder im Dickicht.

Als es zu dunkeln begann, erhob sich der Prinz und ging den Weg weiter. Nach einer Weile gelangte er an die erste, dann an die zweite und schließlich an die dritte Biegung. Dort sah er zu seiner Linken das große Haus, das hell erleuchtet war, und aus dem laute Musik zu ihm herüberdrang.

Und zur Rechten stand, wie es der Fuchs gesagt hatte, auch das niedrige Häuschen, aber das sah der Prinz nicht einmal an. Er ging kurzerhand auf das große Haus zu und trat, weil niemand auf sein Klopfen hörte, ein.

Das hätte er jedoch nicht tun sollen, denn rund um den Tisch saßen sieben Räuber, die stürzten sich auf den Wanderer, stahlen ihm alles, was er bei sich trug und warfen ihn hinaus in die Finsternis. Wie ein Bettler kehrte der Prinz ins Schloß zurück.

„So will ich mein Glück versuchen", sagte der mittlere Königssohn, und er machte sich auf den Weg.

Als er an den Rand des dunklen Waldes kam, setzte er sich unter die alte Eiche, zog aus dem Ranzen Brot und Fleisch hervor und begann zu essen.

Da kam aus dem Dickicht der Fuchs hervor und bat den Prinzen mit menschlicher Stimme, er möge ihm doch einen Bissen abgeben, denn er könne vor Hunger kaum noch seine Beine bewegen.

„Gebe ich dir heute etwas ab, so werde ich morgen vielleicht selbst Hunger leiden, also gebe ich dir nichts", sagte der Prinz und aß ruhig weiter.

„Du bist geizig", sagte der Fuchs, „aber ich bin nicht rachsüchtig, und darum will ich dir trotzdem helfen. — Höre also! Wenn die Nacht kommt, wirst du dir ein geeignetes Nachtlager suchen müssen. Dieser Weg führt in eine Stadt. An der dritten Biegung steht ein großes Haus mit hell erleuchteten Fenstern, aus denen jede Nacht laute Musik erschallt. Ihm gegenüber steht ein niedriges Häuschen, in dessen einzigem Fenster nur ein schwaches Licht glimmen wird.

Dort wohnt eine alte Frau, die bei ihrer Arbeit von früh bis spät die alten Lieder singt. Gehe dorthin, wo du es für gut befindest. Aber denke daran, Bescheidenheit ist eine große Tugend. Mehr kann ich dir nicht sagen."

Als der Fuchs das gesagt hatte, verschwand er wieder.

Nicht lange danach erhob sich der Prinz und ging weiter. An der dritten Wegbiegung sah er zu seiner Linken das große, hell erleuchtete Haus und zu seiner Rechten das niedrige Häuschen, aus dem nur ein schwacher Lichtschein drang.

Der Prinz entschied, weder bei dem einen noch bei dem anderen anzuklopfen. Er ging in den Hof des großen Hauses und legte sich in eine der Kutschen, die dort abgestellt waren.

Das hätte er aber nicht tun sollen, denn mitten in der Nacht beschlossen die Räuber, eine Landpartie zu machen. Sie holten die Pferde aus dem Stall und spannten sie vor die Kutsche, in der sich der Prinz befand. Und es ging ihm nicht besser als seinem älteren Bruder. Wie ein Bettler kehrte er ins Schloß zurück.

„So will ich in die Welt ziehen", sagte der jüngste Königssohn.

Als er an den dunklen Wald kam, setzte er sich unter die alte Eiche, zog aus dem Ranzen Brot und Fleisch hervor und begann zu essen.

Da kam aus dem Dickicht der Fuchs hervor, und sagte mit menschlicher Stimme: „Seit drei Tagen habe ich nicht einmal einen abgenagten Knochen gesehen. Ich kann kaum noch ein Bein vor das andere setzen. Sei so gut, und gib mir wenigstens ein Stückchen Brot."

„Gern will ich dir von meinem Essen abgeben", sagte der Prinz, und er teilte Brot und Fleisch mit dem Fuchs.

Als beide gegessen hatten, sagte der Fuchs: „Wenn die Nacht kommt, wirst du dir ein geeignetes Nachtlager suchen müssen. Dieser Weg führt in eine Stadt. An der dritten Biegung steht ein großes Haus mit hell erleuchteten Fenstern, aus denen jede Nacht laute Musik erschallt. Ihm gegenüber steht ein niedriges Häuschen, in dessen einzigem Fenster ein schwaches Licht glimmt. Dort wohnt eine alte Frau, die bei ihrer Arbeit von früh bis spät die alten Lieder singt. Gehe dorthin, wo du es für gut befindest. Aber denke daran, Bescheidenheit ist eine große Tugend. Mehr kann ich dir nicht sagen."

Der Prinz bedankte sich für den Rat, und der Fuchs verschwand wieder im Gebüsch.

Als der Prinz an der dritten Wegbiegung angekommen war, brauchte er nicht erst lange zu überlegen.

‚Ich will in dem kleinen Haus nach einem Nachtlager fragen', sagte er sich, und er ging hin und klopfte an die Tür.

Und er erhielt zu essen und zu trinken und ein Bett für die Nacht.

Am anderen Morgen sagte die alte Frau in dem kleinen Haus: „Durch drei Wälder und über drei Berge fliegt der goldene Vogel Tag für Tag mit dem goldenen Apfel im Schnabel."

Der Prinz sah die alte Frau aufmerksam an. Wer mochte ihr erzählt haben, was er vorhatte? Aber da sie es ihm nicht von selbst sagte, dachte er, daß es nicht höflich sei, sie zu fragen. So nahm er seinen Ranzen und verabschiedete sich.

Und durch drei Wälder und über drei Berge gelangte er zu der Burg, in welcher der König von Spanien seinen Wohnsitz hatte.

Vor der Burg aber wartete der Fuchs.

„Der König hat den Wächtern befohlen, niemanden einzulassen, denn er fürchtet, daß ihm der goldene Vogel gestohlen werden könnte. Aber sei guten Mutes, ich will dir helfen."

Dann wedelte der Fuchs mit seinem buschigen Schwanz, und im Nu waren alle Wächter eingeschlafen, und das große Tor öffnete sich von selbst.

Im Hof stand der König von Spanien und lauschte dem Gesang des goldenen Vogels. Der Prinz sah, daß im Käfig viele goldene Äpfel lagen, gerade so viele, wie der goldene Vogel von dem Baum, der vor seines Vaters Fenster stand, gepflückt hatte.

„Was führt dich zu mir", fragte der spanische König verwundert.

„Ich will den Vogel holen, der Tag für Tag meinem Vater die goldenen Äpfel vom Baum stiehlt."

„Nun, du darfst den goldenen Vogel in das Schloß deines Vaters tragen", sagte der spanische König, „wenn du mir zuvor das beste Pferd des griechischen Königs bringst."

Vor der Burg wartete wieder der Fuchs.

Als der Prinz ihm gesagt hatte, was ihm vom spanischen König aufgegeben war, sagte der Fuchs:

„Geh nur hin, der griechische König wird dir sein bestes Pferd geben, aber denke daran, du darfst dem Tier keine goldenen Zügel anlegen, sonst läuft es dir davon."

Der Prinz versprach, den Rat zu befolgen, und machte sich auf den Weg.

Als er auf der Burg des griechischen Königs angelangt war und sein Begehren vorgetragen hatte, sagte der König:

„Ich gebe dir mein bestes Pferd, wenn du mir die schönste Tochter des Königs von Arabien dafür bringst. Ich will sie heiraten."

„Gleich jetzt will ich aufbrechen", sagte der Prinz.

Und er schritt über drei Gebirge und durch drei Wüsten und gelangte endlich zum Schloß des Königs von Arabien.

„Ich will meine schönste Tochter dem griechischen König zur Frau geben, wenn im Park vor meinem Fenster bis zum Morgen eine Quelle mit kühlem Wasser aus dem Boden sprudelt", sagte der König von Arabien.

Der Prinz ging in den Park und schritt traurig zwischen den Jasminsträuchern dahin. Er wußte sich keinen Rat.

Da kam der Fuchs und sprach: „Mach dir keine Sorgen, ich will dir helfen."

Und als im Schloß alles eingeschlafen war, setzte sich der Fuchs vor dem Königspalast nieder und fegte so lange mit seinem Schweif den Sand weg, bis eine Quelle mit kühlem Wasser aus dem Boden sprudelte.

Der König von Arabien klatschte darüber vor Freude in die Hände und er führte den Prinzen in einen großen Saal.

Dort saßen zwölf Mädchen an einem langen Tisch.

„Diejenige, welche dir am besten gefällt, magst du dem griechischen König bringen", sagte der König von Arabien.

Der Prinz ging um den Tisch herum.

Eines der Mädchen hatte das Gesicht mit Lehm und Asche verschmiert und hielt die Augen gesenkt.

„Diese und keine andere will ich dem griechischen König bringen", sagte der Prinz.

Und er hatte die schönste Tochter des Königs von Arabien gewählt. Die ging hin, wusch sich das Gesicht, verabschiedete sich von ihrem Vater und folgte dem Prinzen.

Unweit der Burg wartete der Fuchs.

„Setzt euch auf meinen Rücken", forderte er den Prinzen und die Tochter des Königs von Arabien auf. „Ich bringe euch zum griechischen König."

Kaum aber hatten sie sich auf seinen Rücken geschwungen, erhob sich der Fuchs in die Lüfte, und sie flogen über Berge und Täler, über Wälder und Flüsse.

Als sie sich der Burg des griechischen Königs näherten, dachte der Prinz: ‚Wie kann ich es nur anstellen, daß ich das Pferd bekomme, ohne dafür die Prinzessin hergeben zu müssen.'

Aber wie er es auch drehte und wendete, er wußte sich keinen Rat.

Der Fuchs erriet, was den Prinzen bewegte.

„Sorge dich nicht, ich will dir helfen", sagte er. „Der griechische König wird versuchen, dich hinters Licht zu führen; er wird dir mehrere Pferde anbieten, nur das beste nicht. Du aber nimm kein anderes als den abgemagerten Rappen, der hinter der Burg auf dem Misthaufen liegt. Vergiß jedoch nicht, daß du ihm kein goldenes Zaumzeug anlegen darfst, sonst läuft er dir davon."

Der Prinz vertraute dem Fuchs. Er geleitete die Tochter des Königs von Arabien vor den griechischen König.

Der sprach: „Du hast Wort gehalten, also werde auch ich Wort halten. Ich gebe dir mein bestes Pferd."

Dann führte er den Prinzen in den Pferdestall und band einen Prächtigen schwarzen Rappen los.

Aber der Prinz schüttelte den Kopf und sagte: „Euer bestes Pferd, König, liegt hinter der Burg auf dem Misthaufen."

„Nun, wenn du kein anderes willst, so geh es dir holen", sagte der König lachend. „Da hast du auch noch ein goldenes Zaumzeug, das magst du gleich mitnehmen."

Der Prinz schenkte dem goldenen Zaumzeug keinen Blick. Er ging zu dem Misthaufen und warf dem Pferd einen Strick über.

Das Pferd wieherte laut, aus seinen Nüstern schlugen Flammen, und es verwandelte sich in einen feurigen Rappen.

Nun eilte der Prinz in die Burg, holte die Tochter des Königs von Arabien, setzte sie auf den Rücken des Pferdes und schwang sich selbst hinauf. Und das Pferd sprang über die Burgmauer und stürmte davon.

Der griechische König schickte zwölf Soldaten aus, damit sie den Rappen und die Tochter des Königs von Arabien auf die Burg zurückbrächten.

Aber der Fuchs wedelte mit seinem buschigen Schwanz so viel

Staub auf, daß die Soldaten die Spur des Pferdes verloren und unverrichteter Dinge wieder umkehren mußten.

Der König von Spanien hatte währenddessen immer wieder ungeduldig aus dem Fenster geblickt.

Und nun brachte der Prinz ihm wahrhaftig das beste Pferd aus dem Stall des griechischen Königs.

Der König von Spanien nahm den goldenen Käfig und reichte ihn dem Prinzen. „Nimm also den goldenen Vogel, wenn du gut auf ihn acht gibst, wird er dir nicht entkommen und somit auch keinen der goldenen Äpfel mehr pflücken können."

Der Prinz nahm den goldenen Käfig aber nicht. Er sagte: „Ihr erhaltet das beste Pferd des griechischen Königs, wenn Ihr den goldenen Vogel in einen hölzernen Käfig setzt."

„Du bist klüger, als ich es gedacht habe", sagte der König. „Aus dem goldenen Käfig wäre der goldene Vogel dir in der Tat bald wieder entschlüpft."

Und er tat, wie der Prinz es verlangt hatte.

Mit dem hölzernen Käfig in der einen und der Tochter des Königs von Arabien an der anderen Hand verließ der Prinz das Schloß.

Vor dem Tor wartete der Fuchs. „Steigt nur wieder auf meinen Rücken", sagte er, „denn es ist nicht mehr viel Zeit zu verlieren. Der Vogel ist weiter Nacht für Nacht zu dem Baum mit den goldenen Äpfeln geflogen, und so sieht es schlecht um den König aus."

Der Prinz und die Prinzessin setzten sich auf den Rücken des Fuchses, und der Fuchs erhob sich in die Lüfte und flog über Berge und Täler, über Wälder und Flüsse, bis vor das Schloß des Prinzen.

„Ich habe dir geholfen", sagte dort der Fuchs, „und nun bitte ich dich, daß du mir auch einen Dienst erweist. Zögere nicht, schlage mir den Kopf ab!"

Der Prinz erschrak und sagte: „Niemals werde ich das tun!"

Weil der Fuchs ihn aber so inständig bat, zog er schließlich doch ein Messer und hieb ihm den Kopf ab.

Im gleichen Augenblick stand ein schöner Jüngling da.

Es war der jüngste Bruder der Tochter des Königs von Arabien. Eine Hexe hatte ihn sieben Jahre zuvor in einen Fuchs verwandelt.

„Noch einmal will ich dir helfen", sagte der Jüngling. Und er reichte dem Prinzen den Beutel, den er bei sich trug.

In dem Beutel waren drei goldene Äpfel.

Der Prinz dankte dem Jüngling, eilte ins Schloß und gab dem König, um den es wahrlich schlecht stand, einen Apfel.

Kaum hatte der König den ersten Bissen heruntergeschluckt, öffnete er die Augen.

Nach dem zweiten Bissen begann er ruhig zu atmen. Und als er alle goldenen Äpfel gegessen hatte, war er gesund.

Bald darauf wurde eine Hochzeit gefeiert, die Hochzeit des jüngsten Prinzen mit der schönsten Tochter des Königs von Arabien.

EIN UNGEWÖHNLICHES PFERD

Ein Farmer wollte sich von seinem Nachbarn ein Pferd kaufen.

„Schaut Euch dieses an“, sagte der Nachbar und schnalzte mit der Zunge. „Beine wie Banjosaiten, Augen wie zwei Bergseen und einen Körper wie eine Stahlfeder hat es. So ein Pferd findet man weit und breit nicht ein zweites Mal.“

Dem Farmer gefiel das Pferd, er feilschte nicht lange, zahlte, was der Nachbar verlangte, und schwang sich in den Sattel.

Am Waldrand blieb das Pferd plötzlich stehen. Der Farmer streichelte es, klopfte ihm auf den Nacken, bat und drohte, schnitt sich schließlich eine Haselgerte ab und zog ihm damit eins über den Rücken. Aber auch das half nicht — das Pferd stand wie angewurzelt da. Als die Sonne unterging, wurde es jedoch wieder lebendig und lief ohne Aufforderung bis zur Farm.

Gleich am nächsten Morgen ritt der Farmer wieder zum Nachbarn, um ihm das Pferd zurückzugeben. „Hört, Nachbar“, sagte er vorwurfsvoll, „Ihr hättet mich darauf aufmerksam machen müssen, daß dieses Pferd störrisch ist. Es macht, wenn es ihm in den Sinn kommt, einfach halt und läßt sich weder durch gute Worte noch mit der Gerte antreiben!“

„Ach“, sagte der Nachbar, „Euch ist unterwegs gewiß ein Hase oder ein Kaninchen über den Weg gelaufen.“

„Nicht, daß ich wüßte“, antwortete der Farmer, „ich sah jedenfalls weder einen Hasen noch ein Kaninchen.“

„Das ist aber merkwürdig“, sagte der Nachbar, „und an einem Wald seid Ihr auch nicht vorbeigeritten?“ „Natürlich“, nickte der Farmer, „der Weg hierher führt an einem Wald vorbei.“

„Das ist es!“ sagte der Nachbar, „dieses Pferd hat nämlich einige ungewöhnliche Eigenschaften. Hasen und Kaninchen fängt es zum Beispiel wie ein Jagdhund. Sicher wollte es einem Hasen auflauern und ist darum stehengeblieben!“

Der Farmer wußte auf diese Erklärung keine Antwort, er schüttelte nur verwundert den Kopf, schwang sich auf's Pferd und ritt heimwärts.

An einem Bach hielt das Pferd so plötzlich an, daß ihm der Farmer über den Kopf hinwegflog und beinahe im Bach ertrank.

Als er wieder auf dem Trockenen stand, nahm er das Pferd beim Zügel und führte es zur Farm zurück. Dort sagte er: „Laßt mich mit dem närrischen Gaul in Frieden! Jetzt hätte er mich beinahe ertränkt! Ich will ihn nicht behalten! Gebt mir mein Geld zurück!“

Der Nachbar ließ den Farmer ruhig ausreden, und als dieser nichts mehr hervorzubringen wußte, sagte er: „Verzeiht meine Vergeßlichkeit! Ich hätte Euch sagen sollen, daß dieses Pferd auch gerne Fische fängt.“

„Das ist freilich eine andere Sache“, sagte der Farmer freudig, „wenn dieses Pferd auch Fische fangen kann, so will ich es doch lieber behalten!“

Und er schwang sich wieder auf den Rücken des ungewöhnlichen Pferdes und ritt davon.

JIM UND DAS GESPENST

Es dämmerte, über dem Moor lagen Nebelschwaden, im Schilf ertönte der klagende Schrei einer Ralle . . . a-ach, a-ach!

Auf dem schlammigen Weg fuhren vom Wald her fünf mit Waren beladene Planwagen. Die Fuhrmänner schauten sich nach einem Nachtlager um.

Hinter einer Wegbiegung entdeckten sie zwischen alten Ahornbäumen ein großes Haus. Aber es lag völlig dunkel da, nicht ein einziges Fenster war erleuchtet.

Die Fuhrleute hielten an, gingen hin und klopften an das Tor.

Doch niemand öffnete.

„Da klopft ihr vergebens", rief ein alter Schafhirte, der seine Herde vorübertrieb. „Niemand wird euch öffnen. Das Haus ist schon seit zwölf Jahren unbewohnt, weil es drinnen spukt."

„Also, in einem Spukhaus verbringe ich keine Stunde", sagte der Fuhrmann Jack. Dann ging er zu seinem Wagen und trieb die Pferde an, und der Wagen knatterte auf dem holprigen Weg weiter. Jack wollte im Wald übernachten.

Die anderen Fuhrleute standen noch eine Weile unschlüssig vor dem Tor, dann beschlossen auch sie, die Nacht im Wald zu verbringen.

Nur der Fuhrmann Jim lachte. „Was seid ihr für Männer! Fürchtet euch vor einem leeren Haus. Deckt euch im Wald doch mit Nebelschwaden zu und taucht eure Füße in den Bach, damit sie euch nicht abfrieren!"

Und er öffnete das Tor und ging in das Haus. Im Flur hing eine alte Laterne. Er hielt ein Streichholz an den Docht und ging weiter. Die Stube war sauber und aufgeräumt. Vor dem Kamin lag ein Stapel Holzscheite, und der Tisch war gedeckt.

Jim machte Feuer im Kamin und kochte sich im Kessel Bohnen mit Speck.

Nach dem Essen holte er aus dem Keller eine Flasche Wein und trank sie am Kaminfeuer leer. Draußen lag noch immer dichter Nebel, und der Regen plätscherte, daß es klang, als seufzte die Nacht wie ein frierender Hund.

Als Jim schläfrig wurde, legte er sich in eines der Betten, deckte sich mit einer weichen Daunendecke zu und fiel sofort in tiefen Schlaf. Er schlief ruhig, die ganze Nacht, niemand störte ihn.

Als es zu dämmern begann, erwachte Jim, und gleich dachte er an die anderen Fuhrleute, die gewiß keine so angenehme Nacht verbracht hatten. „Diese Dummköpfe hätten ruhig auch über Nacht hier bleiben und sich schön im Warmen ausschlafen können", sagte er laut.

Da öffnete sich die Tür zum Nebenzimmer, der Fußboden knarrte, das Fenster klirrte, als rüttelte ein Windstoß daran, und in der Tür stand ein Gespenst.

Mit langen Schritten näherte es sich dem Bett, und ehe Jim, der Fuhrmann, aufspringen konnte, stürzte es sich auf ihn und umklammerte mit knochigen Händen seinen Hals.

Aber Jim war keiner von denen, die schnell aufgeben. Er wehrte sich mit Händen und Füßen und schrie, so gut einer schreien kann, wenn er einem Gespenst in die Finger geraten ist.

Jim schrie so laut, daß ihn die anderen Fuhrleute im Wald hörten. Sie sprangen auf, ließen alles stehen und liegen und liefen zu dem alten Haus.

Aber hinein gingen sie nicht!

Sie duckten sich, schlichen unters Stubenfenster und streckten, einer nach dem anderen, vorsichtig ihre Köpfe empor.

Jei, was bekamen sie da zu sehen! In der Stube waren Tisch und Stühle kurz und klein geschlagen, und vor dem Kamin wälzte sich das Gespenst mit Jim auf dem Boden.

„Man muß ihm Mut machen", flüsterte Jack. Dann sprang er auf und rief durch das offene Fenster: „Halt es fest, Jim, halt es gut fest!"

„Was glaubst du, tue ich hier die ganze Zeit", antwortete Jim.

In dem Augenblick schleuderte das Gespenst Jim zur Tür hinaus.

„He!" riefen die anderen Fuhrleute, „Jim läßt sich von einem Gespenst unterkriegen!"

Das wollte Jim nicht auf sich sitzen lassen.

„Ich wette um ein Paar neue Stiefel, daß ich ihm schwer zu schaffen machen werde!“ rief er. Dann lehnte er sich mit aller Kraft gegen die Tür, riß sie aus den Angeln und wälzte sich erneut mit dem Gespenst auf dem Boden.

Nach einer Weile gelang es dem Gespenst, Jim zum Fenster hinauszuwerfen.

„Das wirst du dir doch nicht etwa gefallen lassen!“ riefen die Gefährten. Und Jim sprang von neuem in die Stube und packte das Gespenst an der Kehle.

„Ich werde es schon noch auf die Schultern legen“, rief er.

Aber das Gespenst schloß Jim fest in die Arme und erhob sich mit ihm, und beide flogen zum Dach hinaus. Jim konnte gerade noch rufen: „Ich halte es fest, aber es läßt mich auch nicht los.“

Da verwandelten sich das Gespenst und Jim in zwei Raben, die krächzend über dem dunklen Wald verschwanden.

DAS VERSTEINERTE MÄDCHEN

Am Oberlauf des kristallklaren Flusses lebte einst der Indianerstamm der Arikara.

In einem Wigwam wuchs ein schönes Mädchen heran. Alle sahen es gern. Aber das Mädchen wich den Menschen aus. Jeden Morgen rief es sein schwarzweißes Hündchen und verschwand mit ihm im Wald oder in der Prärie. Dort unterhielt es sich mit den Vögeln und den Tieren, mit den Blumen und den Bäumen.

Als das Mädchen herangewachsen war, begehrten es viele junge Männer zur Frau. Aber es wies alle ab.

„Ich bin im Wald und in der Prärie zu Hause“, erklärte es allen, die um es warben, „ich gehöre zu denen, die eine andere Sprache sprechen, zu denen, die im Präriegras ihre Blüten öffnen oder ihre Äste zum Himmel emporstrecken. Sie alle sind meine Freunde, nur in ihrer Nähe möchte ich sein.“

Die Großmutter des Mädchens sprach aber eines Tages:

„Du solltest heiraten und Kinder aufziehen wie alle jungen Frauen. Ohne Kinder würde unser Stamm aussterben.“

Die Großmutter sprach so lange auf das Mädchen ein, bis es eines Tages sagte: „Es sei nach deinem Willen, ich werde heiraten. Den erstbesten, der um mich freit, will ich zum Mann nehmen. Aber ich weiß, daß daraus nichts Gutes werden kann, denn Mutter Natur will nicht, daß ich wie die anderen lebe.“

Drei Tage nach der Hochzeit kam die junge Frau zur Großmutter. Schweigend setzte sie sich in eine Ecke.

„Was fehlt dir?“ fragte die Großmutter. „Ist dein Mann nicht gut zu dir?“

„Er ist gut zu mir“, antwortete die junge Frau, „aber mir bedeutet es nichts.“

Dann erhob sie sich und schritt auf den Wald zu. Die Großmutter ging der Enkelin nach.

Nach einer Weile fand sie die junge Frau unter einem alten Ahornbaum.

„Erzähle, was dich bedrückt", sagte die Großmutter.

Die junge Frau hob den Kopf. „Ich hätte nicht heiraten sollen", sagte sie. „Ich bin nicht von dieser Welt. Ich gehöre in die Natur, und in die Natur will ich zurückkehren."

Die Großmutter ging traurig wieder nach Hause.

Abends kam die junge Frau nicht ins Dorf zurück.

Am nächsten Morgen gingen die jungen Männer, sie zu suchen.

Sie fanden sie auf einem Hügel der Prärie, bis zur Hüfte war sie zu Stein geworden.

Die jungen Männer eilten zum Häuptling. Der rief alle Frauen und Männer auf, ihm zu folgen.

Als alle am Hügel versammelt waren, zog der Häuptling die dem Stamm heilige Pfeife hervor, um sie der jungen Frau in den Mund zu legen, damit der Große Geist sie erleuchte.

Sie schüttelte aber den Kopf und sprach:

„Ich wende mein Antlitz nicht ab von den Menschen, unter denen ich gelebt habe. Aber ich gehöre der Natur. Jede Blume in der Prärie, jeder Baum und jeder Vogel unter dem Himmelszelt, jeder Bach ist ein Teil meines Herzens. Durch den Duft der Blumen und Gräser, den freien Flug der Vögel, das Beben des Laubes, den Gesang der Gewässer will ich zu euch sprechen, und ich möchte, daß ihr meine Sprache versteht, wenn ich nicht mehr unter euch weilen werde."

Als sie dies gesagt hatte, wurde sie ganz zu Stein.

Und in einen Stein verwandelte sich auch das schwarzweiße Hündchen, das sie immer begleitet hatte.

Stumm blickt das versteinerte Mädchen über die Prärie. Ringsum duften die Blumen und Gräser, bebt das Laub, murmelt der Fluß.

DER SCHWARZE REGENSCHIRM

Das kleinste Haus stand am Rande der Stadt, und es gehörte der Negerin Eliza. Seit vielen Jahren war sie Wäscherin und Köchin bei einem reichen Kaufmann.

Von Montag früh bis Sonntag mittag arbeitete und schlief sie in dem großen, prächtigen Haus, aber den Sonntag Nachmittag und die Nacht zum Montag verbrachte sie in ihrem kleinen Besitz in der Vorstadt. Dort saß sie am liebsten am Fenster, denn so konnte sie hören und sehen, was draußen vorging.

Eines Abends, als sie am Fenster eingenickt war, weckte sie ein eigenartiger Gesang. ‚So singt doch kein Vogel', sagte sich die Köchin Eliza, und sie öffnete die Augen.

Im Halbdunkel erkannte sie hinter der niedrigen Friedhofsmauer eine Gruppe schwarzgekleideter, gebückter Gestalten. Und sie hörte das alte Lied, mit dem die Neger ihre Toten zu Grabe geleiten:

‚Nie wieder sollen Tränen dein Haupt benetzen,
für immer bist du nun zu Haus,
wo wir dich beisetzen.'

Die Köchin Eliza hatte oftmals selbst dieses Lied gesungen, wenn ein Nachbar oder eine Nachbarin aus dem Negerviertel zur letzten Ruhe gebracht worden waren.

Eliza sang gern, traurige und heitere Lieder, aber traurige am liebsten.

Jetzt schloß sie das Fenster, zog die Schuhe an, setzte ihren Hut auf und ging aus dem Haus.

Auf dem Friedhof kniete sie neben den Trauernden nieder und sang mit ihnen.

Es dunkelte, Regen strömte aus den niedrigen Wolken, der Wind brauste über dem Friedhof dahin.

Eliza zog den Hut tiefer in die Stirn und schlug den Kragen hoch. Der Regen rann ihr über den Rücken, aber sie sang weiter.

Da erhob sich ein langer, hagerer Mann im schwarzen Gehrock, der reichte der Köchin einen großen, schwarzen Regenschirm. „Nimm ihn, Schwester", sagte er, „eine so gute Sängerin soll nicht naß werden."

Und er spannte den Regenschirm auf.

Die Köchin duckte sich darunter und sang weiter mit den anderen den Grabgesang der armen Neger.

Als das Lied zu Ende war, erhob sich abermals der hagere Mann und begann zu beten. Alle schlossen sich ihm leise an.

Doch als die Köchin am Ende „Amen" sagte, erhob sich ein heftiger Wind, der brauste über den Friedhof wie die Schwingen eines riesigen Vogels.

Eliza hob den Kopf und sah, daß sie neben einem mit Gras und Unkraut bewachsenen Grab kniete und daß sich außer ihr auf dem ganzen Friedhof niemand befand.

Erschrocken stand sie auf und eilte nach Hause.

Als sie die Haustür hinter sich geschlossen hatte, merkte sie, daß sie den großen, schwarzen Regenschirm noch immer in der Hand hielt.

Sie stellte ihn in die Ecke und durchwachte zitternd die ganze Nacht. Wie, wenn sich die Geister der Verstorbenen den Regenschirm holen kämen?

Aber niemand kam, nur der Regen rauschte eintönig, und die vom Wind geschüttelten Zweige pochten ans Fenster.

Noch lange Jahre stand der große, schwarze Regenschirm im kleinen Haus der Köchin Eliza. Wenn es regnete, nahm sie ihn aus der Ecke, und wenn sie heimkam, stellte sie ihn wieder an seinen Platz.

Aber niemals borgte sie ihn jemandem.

Und niemals hat jemand gelacht, wenn Eliza erzählte, wie sie im Regen mit den Geistern den Grabgesang der armen Neger gesungen hat.

TISMILA

Immer wenn die Mutter auf dem Herd das Mittagessen kochte, schlich Tismila herbei, steckte flink die Hand in den Topf und fischte sich ein Stück Fleisch heraus. Aber an einem Bissen hatte er niemals genug; während die Mutter Holz aufs Feuer legte, griff Tismila immer wieder in den Topf und nahm sich ein Stück Fleisch nach dem anderen. Und wenn dann die Mutter für den Vater und die übrigen Kinder das Essen austeilen wollte, war der Topf leer; Tismila hatte das ganze Fleisch aufgegessen.

Vergeblich redeten ihm Vater und Mutter gut zu; vergeblich nannte ihn der ältere Bruder einen Vielfraß, — es nützte alles nichts, Tismila besserte sich nicht im geringsten.

Eines Tages, als die Mutter das Abendessen kochte und aus der Speisekammer Mehl holen ging, griff Tismila wieder in den Topf, um sich ein Stück Fleisch nach dem anderen herauszufischen. Aber o weh! Der Topf umklammerte fest seine Hand, vergeblich versuchte Tismila, sie herauszuziehen, vergeblich schlug er mit dem Topf an der Hand auf den Fußboden, der Topf blieb ganz. Tismila lief mit dem Topf aus dem Haus, er lief in den Wald und schlug mit dem Topf gegen die Bäume.

Doch alles war umsonst. Der Topf umschloß seine Hand so fest, wie eine Falle das Kaninchen.

In dunklen Nächten hören die Bewohner der Indianerdörfer oft dumpfe Schläge im Wald. Hastige Schritte nähern und entfernen sich.

Das ist der Vielfraß Tismila, der durch den Wald und die Berge irrt und unentwegt versucht, die Hand aus dem Topf zu ziehen.

ONKEL GEORGE

Onkel George kam schon in seiner Kindheit auf einen großartigen Gedanken: er nahm sich vor, herauszufinden, wie er es einrichten könnte, ohne Arbeit zu leben.

Kurz und gut; Onkel George wurde mit der Zeit so träge, daß er nur noch auf der faulen Haut liegen wollte.

Zum Arbeiten war es ihm selbst mitten im Sommer zu kalt, dafür schwitzte er aber, wenn er beim Essen saß.

Am liebsten lag er den ganzen Tag in der Sonne und hielt Maulaffen feil.

Ja, die Faulheit beherrschte ihn schließlich derart, daß es ihm zu mühsam war, eine Mücke wegzujagen, oder sich abends von seinem Platz unter einem Baum zu erheben, um nach Hause, in sein Bett zu gehen.

Onkel George wollte auch nicht heiraten.

Er war nicht häßlich, den Mädchen gefiel er sogar ganz gut.

Einmal wollte ihn ein Fräulein aus der Nachbarschaft überreden, sie zu heiraten. Onkel George hörte sich ihre Rede an, ohne sich zu erheben, und nickte nur, als sie schwieg. Er lag unter einem Birnbaum und wartete, bis eine Birne herunterfiel, nach der er die Hand nicht auszustrecken brauchte.

Als der Tag der Hochzeit herannahte, ließ Onkel George sich nicht sehen.

Er schlief, und als die Mutter ihn schüttelte und schalt, brummte er nur, er habe keine Lust, in die Stadt und dort auch noch zum Standesamt zu gehen, man möge ihn in Ruhe lassen.

Dann drehte er sich auf die andere Seite und schlief weiter.

Solange die Mutter lebte, ging es Onkel George gut; sie sorgte für ihn, und wenn die Nachbarn spöttelten, sie habe einen Nichtstuer zu Hause, sagte sie zornig: „Er wird noch genug arbeiten müssen im Leben, soll er sich nur ausruhen, ich lasse ihn nicht verhungern!“

Und Onkel George ruhte sich aus und dachte nach, wie man am besten ohne Arbeit auskommen kann.

Weil ihm dazu nichts einfiel, setzte er sich ans Essen, und nach dem Essen ruhte er wieder.

Schlimm wurde es, als die Mutter starb. Niemand setzte ihm mehr die Schüsseln mit Brathühnern, Fleischrouladen, süßem Maisbrei, den Kaffee und die Erdbeerkuchen vor.

Also zog Onkel George sich ein Fäßchen mit Gepökeltem und einen Laib Brot ans Bett heran und kaute und döste und döste und kaute.

Als der Winter kam, drang eisiger Wind unter die Dachschindeln und riß sie nacheinander ab. Die Balken wurden morsch, das

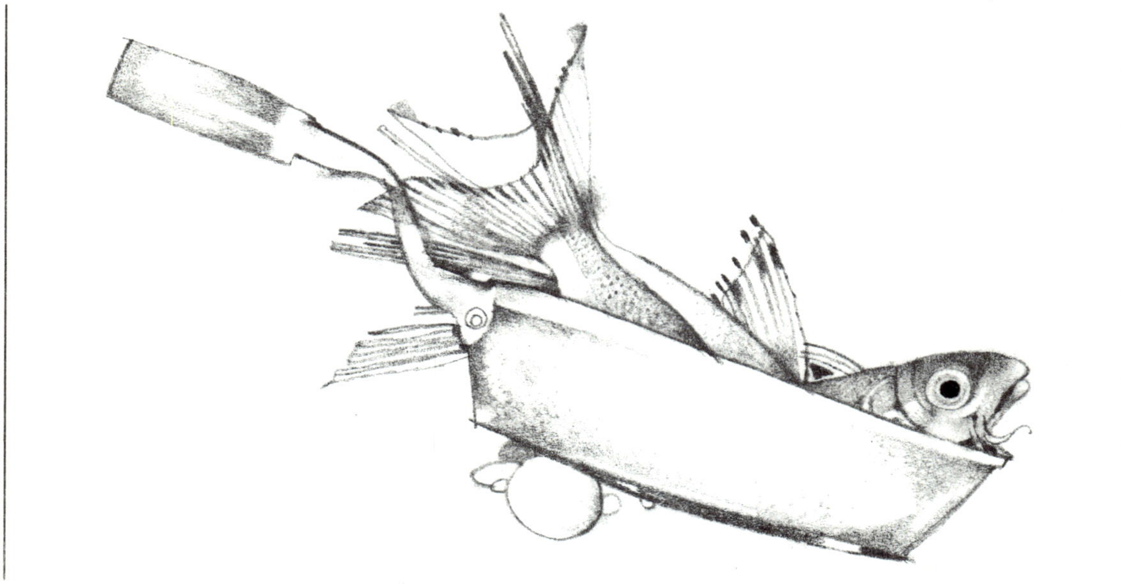

Dach drohte einzustürzen, die Decke war durchnäßt, und es regnete in die Stube. In der Küche hüpften Frösche hin und her, in der Kammer webten Spinnen dichte Netze, daß man hätte glauben können, da sei ein Vorhang aufgehängt, und Mäuse gab es überall.

Onkel George tat, als ginge das alles ihn nichts an, er deckte sich mit einem alten Mantel zu und schlief, und wenn er gerade nicht schlief, dachte er nach, wie man es am besten einrichtet, ohne Arbeit auszukommen.

Schließlich wurde er aber von Kälte und Feuchtigkeit krank, und beinahe hätte er seine Seele ausgehaucht.

Er war nämlich so faul, daß er es sogar vermied, zu husten, und darum drohte Onkel George zu ersticken.

Als er sich endlich von der Krankheit ein wenig erholt hatte, stieg er aus dem Bett und schleppte sich zu seinem Nachbarn, um sich von ihm Rat zu holen.

„Du möchtest also ohne Arbeit leben", sagte der alte Hutter, und dann nickte er verständnisvoll: „Da wirst du wohl nicht der einzige sein, der am liebsten die Arbeit an die Kette legen möchte, damit sie ihn nicht beißt."

Onkel George seufzte nur, und Nachbar Hutter schob die Mütze in den Nacken und sagte: „Ich wüßte schon einen geeigneten Ort für dich, — ob er aber noch frei ist?"

Onkel George spitzte die Ohren.

„Also, hör zu", erklärte der alte Hutter, „du gehst flußaufwärts, so lange, bis du eine kleine Insel siehst. Der Fluß ist dort seicht, so daß du leicht zu Fuß auf die Insel gelangst."

Als Onkel George das gehört hatte, schlurfte er nach Hause, packte ein Hemd, einen Laib Brot und ein Stück Speck in den Beutel, rief seinen Hund herbei und machte sich auf den Weg.

Er gelangte auch tatsächlich auf die kleine Insel und sah sofort, daß ihm noch keiner zuvorgekommen war und daß er das Paradies auf Erden gefunden hatte.

Der Boden auf der Insel war schwarz, und das bedeutete, daß er sehr fruchtbar war. An den Sträuchern reiften Beeren so groß wie Kürbisse, und die Melonen hatten die Größe von Bierfässern. Im Fluß sonnten sich auf einer Sandbank Forellen, nicht kleiner als ausgewachsene Krokodile, in den Zweigen saßen fette Truthühner, und zwischen den Bäumen ästen Hirsche und Rehe.

Wenn man eine Rute in den fruchtbaren Boden pflanzte, stand sie nach einer Woche bereits in Blüte und trug nach einem Monat goldene Pfirsiche. Von den Ahornbäumen floß dicker Sirup, aus den Nüssen quoll Butter.

Onkel George schwindelte vor Freude der Kopf. Also hatte sich sein Traum endlich erfüllt: er würde herrlich und in Freuden leben können, ohne daß er dafür zu arbeiten brauchte.

Er fand einen alten ausgehöhlten Eichenbaum, um dessen Stamm sich Reben mit reifen Weintrauben rankten, und dort legte er sich lang hin.

Wenn er den Arm ausstreckte, fiel ihm eine Traube in die Hand, und wenn er den Arm ein wenig weiter streckte, fing er leicht ein Rebhuhn oder einen Fasan.

Mit Holzsammeln brauchte Onkel George sich nicht zu plagen. Die trockenen Zweige fielen von selbst herunter in das Feuer.

Onkel George rauchte auch jeden Abend seine Pfeife. Einen Beutel Tabak hatte er immer in der Hosentasche. Als er sich nun auf der Insel die, wie er glaubte, letzte Pfeife stopfte, fielen ein paar Samenkörner auf die Erde.

Während Onkel George die Pfeife rauchte, sprossen aus dem fruchtbaren Boden Tabakstengel mit riesigen Blättern empor. Bis zum Abend waren die grünen Blätter trocken, und Onkel George brauchte sich nicht mehr um Tabak für seine Pfeife zu sorgen.

Aber Onkel George fand sein Leben immer noch zu anstrengend. Er grübelte und grübelte, bis er — zum Beispiel — eine Vorrichtung zum Abschuppen der Fische erfand. Das war eine ganz einfache und doch sehr zweckmäßige Vorrichtung. Wenn ein Fisch anbiß, genügte es, ganz leicht an der Angelschnur zu ziehen, und schon löste sich in der Krone des Baumes ein Stein, der an einem Seil befestigt war. Der Stein flog ans Ende der Angelschnur und schleuderte den Fisch in den Baumwipfel zuerst zwischen zwei Kartoffelschaber und danach unter ein scharfes Messer. So lag der Fisch im Nu gesäubert und geköpft auf der Bratpfanne.

An den Fischköpfen ergötzte sich der Hund. Er stand unter dem Baum und wartete, bis sie ihm ins weit geöffnete Maul fielen.

So lag Onkel George unter der Eiche, warf die Gräten ins Feuer und grübelte, wie er sich wohl ohne Arbeit Wildbret verschaffen könnte. Von Fischen hatte er schon langsam genug.

Er grübelte und grübelte, bis er einen Einfall hatte. Eine Falle brauchte er!

Aber es dauerte einen Monat, bis er sich aufraffte und in die Stadt ging und eine Mausefalle kaufte.

Bis zum anderen Morgen war die Mausefalle auf dem fruchtbaren Boden der Insel so gewachsen, daß Onkel George damit mühelos Kaninchen fangen konnte.

Die Falle wurde größer und größer, und Onkel George gelang es, seinen ersten Hirsch zu fangen.

Aber es gelang ihm nicht, die Beute herauszuziehen.

Also legte er sich ans Flußufer und grübelte. Nach ungefähr zwei Monaten klopfte er sich auf die Stirn: War der Tabak, der wie Unkraut auf der Insel wuchs, nicht so stark, daß es einem den Husten in die Kehle trieb?

Onkel George zog kräftig an seiner Pfeife, paffte den Rauch aus, zur Falle hin, und — siehe da — der starke Tabak öffnete die Falle.

Onkel George zog den Hirsch heraus und briet ihn auf dem Feuer.

Die Falle wurde inzwischen immer größer und noch größer. Und eines Tages war ein Bär darin.

Seither liegt Onkel George unter der Eiche, raucht seine Pfeife und grübelt darüber nach, wie man ohne Mühe einem Bären das Fell abzieht.

Gewiß wird ihm noch etwas dazu einfallen. Aber ob er auch weiß, daß nicht jeder Bär zu einem Spaß aufgelegt ist?

DER VOGEL
AUS DEM GOLDENEN LAND

Tag für Tag kam aus dem Goldenen Land der blaue Vogel geflogen.

Wenn der Morgen graute, setzte er sich auf einen Ahornzweig und sang für den König ein Lied.

Der König hatte drei Söhne.

„Wir möchten gern heiraten", sagte eines Tages der Älteste, „aber wir können keine passenden Bräute finden."

„Laßt mich nachdenken", sagte der König.

Als seine Söhne gegangen waren, setzte sich der König ans Fenster, lauschte dem Gesang des blauen Vogels und dachte nach: ‚Ich bin ein König und herrsche über ein reiches Land. Aber ich bin nicht reich. Was soll ich meinen Söhnen nun mitgeben, wenn sie heiraten?'

Er dachte lange nach, aber ihm fiel nichts ein.

‚Wie, wenn ich meinem ältesten Sohn die Hälfte meines Besitzes und dem Mittleren die andere Hälfte gäbe? Dann bekäme der Jüngste die Krone.'

Doch sogleich verwarf er den Gedanken wieder. Er wußte, daß alle drei Söhne die Königskrone begehrten.

Welcher sollte aber die Krone tragen?

Der Älteste?

Der Mittlere?

Oder der Jüngste?

Den ganzen Tag lang dachte der König nach, und unzufrieden darüber, daß er keinen guten Gedanken gehabt hatte, ging er abends zu Bett. In der Nacht hatte er einen merkwürdigen Traum, eine weißhaarige Alte trat an sein Bett und sprach: „Schicke deine Söhne in das Goldene Land."

Am anderen Morgen ließ der König seine drei Söhne rufen und sprach zu ihnen: „Bevor ihr daran denkt, euch zu verheiraten, sollt ihr das Goldene Land und dort den Ort suchen, von dem aus der blaue Vogel jeden Tag in meinen Garten geflogen kommt."

Da nahmen die Söhne Abschied von ihrem Vater und ritten in die Welt hinaus.

Nach sieben Wochen kamen sie an einen hohen Felsen, an den sich eine Hütte lehnte.

In der Hütte wohnte eine Zauberin.

„Sieben Wochen warte ich schon auf euch", sagte sie, „kommt nur herein, das Essen steht bereit."

Die Königssöhne wunderten sich, woher die Alte von ihnen wußte, aber sie stellten keine Fragen, sie setzten sich an den Tisch und aßen, und als sie müde wurden, gingen sie schlafen.

Als sie in der Frühe des anderen Tages aufbrechen wollten, sagte die Alte: „Ich weiß, daß ihr das Goldene Land sucht. Aber ihr würdet es in der ganzen Welt nicht finden, denn um dorthin zu gelangen, muß man auf den Grund eines tiefen Brunnens hinabsteigen."

Hierauf gab die Zauberin den Königssöhnen eine Wiege und einen Strick und führte sie zu dem Brunnen.

Die drei Königssöhne banden die Wiege an den Strick. In der Wiege ließ sich zuerst der Älteste und danach der Mittlere, und nach diesem der Jüngste in den Brunnen hinab.

Aber als der jüngste Königssohn auf dem Grund des Brunnens angelangt war, schaute er sich vergeblich nach seinen Brüdern um.

„Nun", sagte er sich schließlich, „wovor sollte ich mich fürchten, ich werde allein weitergehen, es wird mir schon nichts geschehen."

Und er ging und ging, bis er zu einer alten Burg kam. Das Tor stand weit offen, aber niemand war da, ihn zu begrüßen.

„Und doch scheint es mir, als ob diese Burg nicht unbewohnt ist", sagte der Jüngling laut.

Da kam aus einer Turmkammer eine alte Frau, die sagte:

„Seit vielen Jahren schon hüte ich diese Burg, aber noch niemals hat es einer gewagt, sie zu betreten. Weil du dich nicht gefürchtet hast, will ich dir eines der Pferde schenken, denen ich Tag für Tag Hafer in die Krippe schütte."

Zwölf Pferde standen im Stall.

„Wähle dir eines aus", sagte die alte Frau.

Der Königssohn schaute sich um und entdeckte in einer Ecke eine alte schmutzige Stute, die traurig den Kopf hängen ließ. Weil sie ihm leid tat, sagte er: „Diese Stute würde ich gern haben."

„Du hast gut gewählt", sagte die alte Frau.

Der Jüngling striegelte die Stute, bis ihr Fell wie Seide glänzte. Dann bedankte er sich bei der Alten, saß auf und nahm die Zügel in die Hand.

Als sie ans Meer kamen und der Jüngling schon meinte, daß er umkehren müßte, hielt die Stute an und sprach mit menschlicher Stimme:

„Fürchte nichts, ich werde dich ans andere Ufer tragen."

Und so geschah es, die Stute trug den Königssohn über das große Meer, bis ans andere Ufer.

Da waren sie im Goldenen Land.

„Ich weiß, warum du gekommen bist, Jüngling", sagte der König des Goldenen Landes. „Du bist gekommen, den blauen Vogel zu holen. Und keiner wird dich daran hindern, wenn es dir zuvor gelungen ist, mich dreimal zu entdecken. Gelingt dir dies aber nicht, so bist du des Todes."

Traurig ging der Jüngling in den Stall, in den man die Stute geführt hatte. Aber die Stute sprach: „Fürchte nichts, es wird dir alles gelingen. Gehe morgen in den Garten und suche den kleinsten roten Apfel. Wenn du ihn gefunden hast, schneide ihn in zwei Hälften. In dem Apfel wird der König verborgen sein. Wenn er wieder seine volle Größe angenommen hat, wirst du eine rote Narbe an seinem Kopf sehen."

Am nächsten Morgen ging der Jüngling in den Garten und fand, ohne daß er lange danach suchen mußte, den kleinsten roten Apfel. Er schnitt ihn in zwei Hälften, und heraus kam der König mit einer roten Narbe am Kopf.

Am Abend sagte die Stute zu dem Jüngling: „Morgen erwartet dich die zweite Aufgabe. Fürchte jedoch nichts, ich werde dir helfen."

Und die Stute verriet dem Jüngling, wo er den König finden würde. Kaum war der Tag angebrochen, ging der Jüngling in die Schloßküche. Dort stand ein Teller Suppe.

„Die Suppe ist zu heiß, iß sie lieber nicht", sagte der Koch.

Der Jüngling hörte nicht auf das, was der Koch sagte. Er nahm ein Messer, und kaum hatte er damit den Boden des Tellers berührt, kam der König mit zwei roten Narben an der Stirn aus der Suppe hervor.

Auch an diesem Abend verriet die Stute dem Jüngling, wo der König sich verstecken würde.

Am anderen Morgen nahm der Jüngling eine Handvoll Weizenkörner und ging an den See. Am Ufer streute er die Weizenkörner ins Gras. Da flog vom Himmel eine Wildente herab, die pickte die Kör-

ner auf und legte ein Ei.

Der Jüngling nahm das Ei und zerschnitt es.

Und aus dem Ei kam der König hervor, mit drei roten Narben an der Stirn.

„Dreimal hast du mich entdeckt, drei Aufgaben hast du erfüllt", sagte der König. „Jetzt wirst du dich dreimal vor mir verstecken, aber wenn ich dich nur einmal entdecke, bist du des Todes."

Als der Jüngling in den Stall kam, wandte ihm die Stute ihr Haupt zu und sprach: „Fürchte dich nicht, es wird dir nichts geschehen."

Dann verwandelte die Stute den Jüngling in einen Floh, und der versteckte sich im Fell eines Hundes.

Der König suchte im ganzen Schloß, er durchwühlte Kisten und Kasten, aber den Jüngling fand er nicht.

Am darauffolgenden Tag verwandelte die Stute den Jüngling in einen Honigtropfen.

Der König suchte im Schloß und im Garten und auch im Bienenstock, aber den Honig in der letzten Wabe entdeckte er nicht.

Am dritten Tag versteckte die Stute den Jüngling in den Haaren der Königstochter.

Der König ließ kein Plätzchen aus, alles durchsuchte er, aber die Laus im Haar seiner Tochter sah er nicht.

‚Ich werde mir etwas anderes einfallen lassen', dachte der König.

Weil er aber sehr müde war, beschloß er, sich zuerst ein Weilchen auszuruhen, und dabei schlief er ein.

„Der König des Goldenen Landes schläft nur einmal in sieben Jahren", sagte die Stute zu dem Jüngling, „zögere also nicht, lauf und hole den Käfig mit dem blauen Vogel."

Der Jüngling lief in das Gemach des Königs, nahm den Käfig mit dem blauen Vogel und trug ihn in den Stall.

„Setz dich auf meinen Rücken", sagte die Stute, „und halte den Käfig gut fest."

Der Jüngling tat, was ihm gesagt war. Und die Stute trug ihn weit fort, über das Meer, bis zu der alten Burg.

Dort wartete die alte Frau. Als sie den Käfig mit dem blauen Vogel erblickte, sagte sie: „Dir war es bestimmt, den Zauber, der über uns lag, zu brechen."

Und ehe der Jüngling es sich versah, brach der goldene Käfig auseinander, und der blaue Vogel flog heraus und verwandelte sich in eine schöne Königstochter.

Damit aber nicht genug!

Kaum hatte die Prinzessin der alten Frau über das weiße Haar gestrichen und der Stute den Sattel abgenommen, verwandelten sich auch diese in zwei Königstöchter.

Und sie standen der Prinzessin, die noch eben ein blauer Vogel gewesen war, an Schönheit nicht nach.

„Hab Dank, Jüngling", sprach die Prinzessin, „du hast uns befreit, aber wie soll es uns nun gelingen, aus dem Brunnen, unter das Licht der Sonne zu gelangen?"

Der Jüngling hatte die ganze Zeit kein Auge von der Prinzessin gelassen. Sie gefiel ihm über alle Maßen gut.

„Wenn du mir versprichst, daß du meine Frau werden willst", sagte er, „werdet ihr bald wieder das Licht der Sonne erblicken."

Die Prinzessin lächelte. Und weil ihr der Jüngling gefiel, willigte sie gern ein, seine Frau zu werden. Da geleitete dieser die Prinzessin zu dem Brunnen. Und dort standen seine Brüder.

„Warum hast du nicht auf uns gewartet?" fragten sie.

Der Jüngling blickte seine Brüder erstaunt an.

„Seid ihr nicht zuerst in den Brunnen gelangt? Habt ihr nicht einen Weg eingeschlagen, den ich nicht gefunden habe, so daß ich meinen eigenen Weg gehen mußte?" fragte er.

Da schwiegen die Brüder, und der Älteste stieg mit der ältesten Prinzessin in die Wiege und gelangte darin unter das Licht der Sonne. Danach stieg der zweite Königssohn mit der zweiten Prinzessin in die Wiege und nach ihnen der jüngste mit der Prinzessin, die in einen blauen Vogel verwandelt worden war und die eingewilligt hatte, seine Frau zu werden.

Aber als die Brüder bedacht hatten, daß nach allem nun der Jüngste die Krone bekommen und das Land regieren würde, beschlossen sie, allein vor ihren Vater zu treten. Und sie schnitten das Seil, an dem die Wiege befestigt war, durch.

Die Wiege fiel auf den Grund des Brunnens zurück. Und der Jüngling mochte rufen so laut er wollte, da war niemand, der seine Stimme hörte.

Die Brüder traten mit den zwei Königstöchtern vor ihren Vater und erzählten ihm mit vielen Worten, daß es ihnen durch ihre Klugheit gelungen sei, die Königstöchter zu befreien, daß aber der Jüngste durch seine Dummheit sein Leben verloren hätte.

Der König glaubte den Worten der Brüder, und weil sie den Königstöchtern mit dem Tode gedroht hatten, wenn sie auch nur ein

Sterbenswörtchen der Wahrheit verrieten, wagten diese nichts zu sagen.

Doch der jüngste Königssohn sollte nicht allezeit auf dem Grunde des Brunnens bleiben. Die Prinzessin kannte den Spruch, mit dem sie vor vielen Jahren von einem mächtigen Zauberer in den blauen Vogel verwandelt worden war. So nahm sie wieder die Gestalt des Vogels an, flog mit dem durchschnittenen Seilende im Schnabel den Brunnenschacht hinauf und verwandelte sich, als das Licht der Sonne ihre Augen traf, erneut. Schnell band sie das Seil zusammen und zog daran den Königssohn in der Wiege hinauf. Der nahm die Prinzessin bei der Hand, und zusammen gingen sie in das Schloß.

„Diese ist meine Braut“, sagte der Königssohn, als sie vor seinem Vater standen, „sie war es, die jeden Tag ein Lied in deinem Garten sang, sie war der blaue Vogel.“

Der König wußte nicht, ob er wache oder träume. Doch als er in die Gesichter des ältesten und des zweiten Prinzen blickte, begriff er alles. Weil er aber alle drei Söhne gleichermaßen liebte, verzieh er ihnen, was sie getan hatten. Auch der jüngste Königssohn trug seinen Brüdern nicht nach, was sie aus Mißgunst getan hatten. Und weil sie ihre Tat bald tief bereuten und gelobten, fortan einander beizustehen, willigten die älteste und die zweite Königstochter ein, den ältesten und den mittleren Prinzen zum Manne zu nehmen. So wurden denn drei Hochzeiten gefeiert, und eine war so prächtig wie die andere.

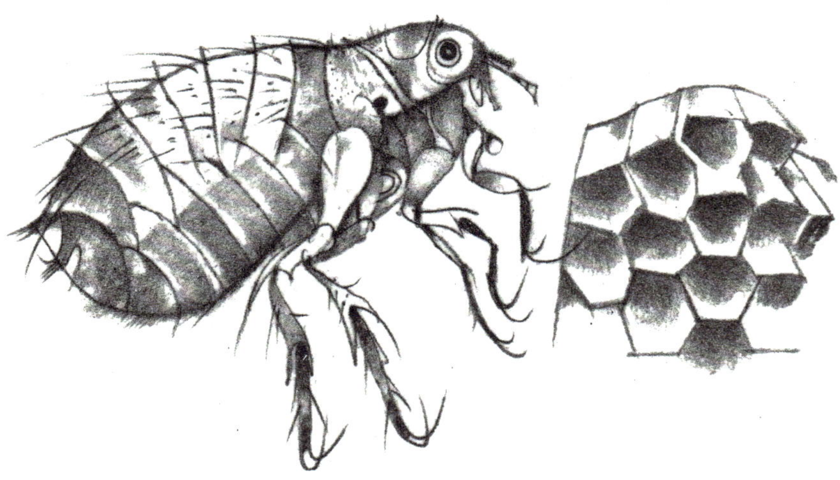

DER ENTENBRATEN

Ein Schmied hatte einen Prediger aus der Stadt zum Mittagessen eingeladen. Zu seiner Tochter sagte er: „Höre, Emely, ich gehe jetzt den Prediger vom Bahnhof abholen. Du brätst inzwischen in der Röhre zwei Enten goldbraun. Aber daß du mir nicht davon ißt!"

„Wie sollte ich", sagte Emely, „ich habe ohnehin keinen Appetit auf Entenfleisch."

Der Schmied ging also dem Prediger entgegen, und das Mädchen bereitete den Entenbraten zu. Aus der Backröhre duftete es. Der Duft stieg Emely angenehm in die Nase. So angenehm, daß sie sich sagte: ‚Ich will doch ein ganz kleines Stückchen kosten.'

Und sie brach einen Flügel ab.

‚Wenn dem Vogel schon ein Flügel fehlt', dachte sie nach einer Weile, ‚kann er sich auch ohne den anderen begnügen.' Danach kam die Keule an die Reihe, und bald waren von der Ente nur noch die Knochen übriggeblieben.

‚Eine Ente allein ist in der Bratpfanne zu einsam', sagte sich Emely, als sie die Knochen dem Hund hingeworfen hatte, und sie verzehrte auch die andere Ente.

Es dauerte nicht lange, und der Vater kam mit dem Prediger nach Hause.

„Emely, deck den Tisch, ich will inzwischen das Messer schleifen", sagte der Schmied, und er ging an den Schleifstein im Hof.

Emely wußte, daß gleich ein Gewitter heraufziehen würde. Aber um eine Ausrede war sie noch nie verlegen, und so begann sie um nichts und wieder nichts laut zu schluchzen.

„Was fehlt dir denn, Töchterchen?" fragte der Prediger.

„Ach, mein Vater ist ein schrecklicher Mensch. Jeden Sonntag bringt er einen Gast zum Mittagessen, und dann geht er hinaus, das lange Messer zu schleifen."

„Wozu braucht er denn das lange Messer, Töchterchen?"

„Um den Gast zu erstechen“, schluchzte Emely.

Der Prediger erblaßte und sprach, am ganzen Leibe zitternd: „Ach, Töchterchen, reich mir doch meinen Hut!“

Gleich darauf sah man den Prediger mit dem Hut in der Hand aus dem Haus laufen.

Als der Schmied in die Stube zurückkam, um mit dem geschliffenen Messer den Entenbraten zu tranchieren, sagte Emely: „Sieh nur, Vater, der Prediger hat beide Enten aufgegessen, fast wäre er daran erstickt. Und wie er sie hinuntergewürgt hat, ist er, ohne ein Wort zu sagen, vom Tisch aufgestanden und davongelaufen.“

Der Schmied rannte auf den Hof und rief dem Gast nach: „He, lieber Freund, wohin denn so eilig? Wartet doch ein Weilchen!“

Der Prediger wandte sich im Laufen um und schrie zurück: „Das könnte Euch so passen! Aber merkt es Euch: Mit mir braucht Ihr niemals mehr zu rechnen.“

Da ging der Schmied ins Haus zurück und sagte: „Was ist dieser Prediger doch für ein undankbarer Mensch.“

WIE DER SEE TSCHIKASO ENTSTANDEN IST

Vor langer, langer Zeit lebte am Ufer des breiten Flusses der Indianerstamm der Tschikaso. Der Sohn des Häuptlings hatte von Geburt an ein mißgestaltetes Bein, beim Gehen zog er den rechten Fuß nach. Die Indianer nannten ihn Pferdehuf.

Der Junge wuchs schnell heran. Er wußte, daß ihn alle beim Spiel verspotteten, und das fachte seinen Ehrgeiz an.

Im geheimen lernte er Bogenschießen, den Spuren des Wildes folgen und Fische fangen.

Als er erwachsen war, wurde er von allen Männern des Stammes bewundert; alle priesen seine Geschicklichkeit und seinen Mut.

Es dauerte nicht lange und Pferdehuf wurde zum Stammeshäuptling gewählt. Im Dorf gab es damals genug Fleisch und Mais, niemand mußte hungern.

Aber in Pferdehufs Wigwam war es still und einsam, kein Mädchen vom Stamm der Tschikaso wollte ihn heiraten.

„Ich will keinen Mann mit einem Pferdefuß“, sagte jede, um deren Hand der Häuptling anhielt.

Eines Tages brachte ein Kundschafter dem Häuptling die Nachricht, daß die schöne Tochter des Häuptlings vom Stamm der Tschakto noch frei sei.

Pferdehuf rief die mutigsten und klügsten Krieger zusammen und machte sich mit ihnen auf den Weg.

„Wir grüßen den mutigen und weisen Häuptling“, sagte Pferdehuf, als er vor dem Häuptling der Tschakto stand. „Viele gute Dinge haben wir über dich gehört. Wir bringen Felle und Muscheln zum Beweis dafür, daß wir in Freundschaft gekommen sind.“

Der Häuptling der Tschakto war über diese Worte erfreut. Er nahm die Geschenke in Empfang und gab zu Ehren der Gäste vom Stamm der Tschikaso ein Festmahl.

Als Pferdehuf und seine Krieger gegessen hatten, fragte Pferdehuf den alten Häuptling: „Wem gehört das Mädchen, das dort sitzt?“

„Es ist meine Tochter“, antwortete der Häuptling.

„Wenn du mir als Mitgift zehn Pferde und zehn Decken gibst, will ich sie zur Frau nehmen“, sagte Pferdehuf herablassend.

Der Häuptling schüttelte schweigend den Kopf.

„Mir würden auch fünf Pferde und fünf Decken genügen“, feilschte Pferdehuf.

Wieder lehnte der Häuptling schweigend ab.

„Also, dann nehme ich deine Tochter auch ohne Mitgift zur Frau.“

Der Häuptling wurde böse: „Einem Mann mit einem Pferdefuß soll ich meine Tochter zur Frau geben? Scher dich fort und nimm dir ein Mädchen aus deinem eigenen Stamm!“

Wie ein feuriger Pfeil bohrten sich die Worte in Pferdehufs Hirn. Rot vor Zorn drohte er dem alten Häuptling.

Der Häuptling der Tschakto sah, daß Pferdehufs Krieger gut gerüstet waren, und er erschrak.

Er rief den Zauberer herbei und befahl, er solle ihm den Willen des Großen Geistes kundtun. „Ich will mich unterordnen und meine Tochter Pferdehuf zur Frau geben, wenn es der Wunsch des Großen Geistes ist.“

Der Zauberer betrat das Zelt. Er hatte Rasseln, eine Schlangenhaut und Hundeknochen mitgebracht und bat den Großen Geist, er möge sprechen. Auf den Knien und mit gesenktem Kopf lauschte der Zauberer der Stimme des Großen Geistes, und als er sich aufrichtete, verkündete er dessen Botschaft: Aus den Wäldern und Sümpfen ist der Indianer Pferdehuf gekommen. Diesem Mann steht großes Mißgeschick bevor. Er sollte vorsichtig sein und sich nicht blind ins Unglück stürzen. Das Gesetz verbietet einem Indianer, sich eines Mädchens zu bemächtigen, das einem andern Stamm angehört. Sollte Pferdehuf das Gesetz verletzen, wird Unheil seinen Stamm heimsuchen.

Pferdehuf konnte nichts tun. Er verließ mit seinen Kriegern das Zelt des Häuptlings und zog in das heimatliche Tal zurück.

Aber die Schmach brannte in seinem Herzen wie ein heißer Stein. Er würde sich an dem Häuptling rächen. Gewiß hatte der Zauberer gelogen. Wie, wenn der Große Geist mit allem einverstanden

war, und der Zauberer die Botschaft auf Befehl des Häuptlings zu seinen Ungunsten verdreht hatte?

In der Nacht kehrte Pferdehuf ungesehen mit seinen Kriegern in das Lager des Stammes der Tschakto zurück und entführte das Mädchen.

Alle Angehörigen des Stammes der Tschikaso waren froh, daß ihr Häuptling endlich eine Frau gefunden hatte. Bis spät in die Nacht waren die Trommeln und der Gesang, war das Stampfen der Tänzer zu hören.

Doch plötzlich ertönte ein Donner über dem Wald. Die Erde bebte, und durch das Tal heulte der Sturm. Erschrocken duckten sich die Indianer auf den Boden.

Da öffnete sich der Himmel, und der Große Geist rief: „Ich habe dich gewarnt, Häuptling Pferdehuf, aber du hast nicht gehört. Nun wird dein Stamm mit dir untergehen."

Im gleichen Augenblick erschallte die mächtige Stimme der Flüsse, die Wogen gingen hoch, und auf den Wellen ritt das Unheil.

Schlammiges Wasser überflutete das weite Tal, in dem das Dorf des Stammes der Tschikaso gestanden hatte.

EINE SONDERBARE FAMILIE

Eine sonderbare Familie war das.

Der Vater hatte ein vorspringendes Kinn, die Unterlippe bedeckte die Oberlippe.

Die Mutter hatte eine so lange Oberlippe, daß sie ihr übers Kinn herunterhing.

Der Tochter krümmte sich der Mund nach links, dem Sohn krümmte sich der Mund nach rechts.

Nur John, der jüngste Sohn, hatte einen Mund wie andere Leute.

Der Vater war von Beruf Schuhmacher, von früh bis spät saß er auf seinem Schusterschemel bei der Arbeit.

„Unseren Kindern soll es einmal besser gehen als mir", sagte er oft.

Als die Kinder herangewachsen waren, holte er einen Beutel mit Geld hervor, das er und seine Frau in langen Jahren der Arbeit gespart hatten, und sprach: „Das ist alles, was wir besitzen. Nehmt das Geld und geht zur Schule, damit ihr im Leben nicht Not leiden müßt."

Aber die Tochter und auch der ältere Sohn waren faul, sie hatten für Bücher nichts übrig, sie wollten lieber zu Hause bleiben, irgendwie würden sie sich schon durchbringen.

Nur John wollte zur Schule gehen, er steckte sich das Geld in die Tasche, nahm Abschied von Vater und Mutter und machte sich auf den Weg in die Stadt.

Kaum war er fortgegangen, begann ein frostiger Wind zu wehen, das Laub färbte sich gelb, der Sommer war zu Ende. Die Tage wurden kürzer, die Abende länger, unendlich lang.

Im Kamin brannte ein Feuer, Schlitten fuhren über die verschneiten Wege und Straßen von Farm zu Farm, von Ort zu Ort.

Und eines Tages kam auch John auf einem Schlitten zum Weihnachtsfest heimgefahren.

Die Mutter hatte einen Apfelauflauf gebacken, der Vater holte die schöne Petroleumlampe vom Dachboden, damit sie John auch gut sehen konnten, wenn er erzählte, was er in der Schule alles gelernt hatte.

Die Tochter holte den Apfelauflauf aus der Backröhre und tat jedem davon auf die Teller.

Der Vater hob seinen Teller bis zur Nase, damit er ihn näher zum Mund brachte. Die Mutter hielt den Teller unters Kinn, die Tochter an den linken, der ältere Bruder an den rechten Mundwinkel.

Nur John aß wie andere Leute.

Nach dem Abendessen reinigte der Vater den verrußten Zylinder mit altem Zeitungspapier, goß Petroleum in die Lampe und stutzte mit der Schere den abgebrannten Docht zurecht. Dann zündete er die Lampe an.

Die Familie ließ sich am Kaminfeuer nieder, und John erzählte.

Im Zimmer war es sehr warm.

Zuerst nickte die Mutter ein, dann begann der Vater zu schnarchen, und nach einer Weile schliefen auch der ältere Bruder und die Schwester tief und fest.

John, müde von der langen Schlittenfahrt, tat es ihnen nach.

Als das Feuer im Kamin erloschen war, erwachte der Vater von der Kälte und rüttelte die Mutter auf. „Steh auf! Wir verschwenden unnütz Licht. Gehen wir alle schlafen, im Bett ist es wenigstens warm."

„Mach das Licht aus", sagte die Mutter.

Der Vater holte tief Atem und blies in die Lampe.

Aber statt in den Zylinder, blies er sich in die Nasenlöcher.

Die Mutter stieß ihn weg und beugte sich selbst über die Lampe.

Sie blies und blies aus allen Kräften, aber statt die Flamme auszublasen, blies sie nur die Brotkrumen vom Tisch.

„Du willst immer alles selber machen, und so schaut es dann aus", brummte der Vater.

„Ich werde das Licht löschen", sagte die Tochter.

Sie trat an die Lampe heran und blies, was sie konnte, aber statt in die Flamme, blies sie sich die Luft ins linke Ohr.

„Das kann ich nicht mitansehen", rief der ältere Bruder, „laßt mich das machen."

Und er blähte die Backen auf, stellte sich breitbeinig vor die

Lampe — und blies, statt in die Flamme, die Luft in sein rechtes Ohr.

John stand beim Kamin und wartete, was weiter geschehen würde.

„John soll die Lampe ausblasen“, sagte die Mutter.

Der Vater lachte. „John ist doch vom Lernen ganz ausgedörrt, der bringt das nie zustande.“

Aber John beugte sich über die Lampe, blies hinein, und die Flamme erlosch.

Die Mutter staunte, die Schwester wunderte sich, und auch der ältere Bruder war ganz überrascht.

Der Vater wiegte ernst den Kopf hin und her und sprach: „Jetzt seht ihr, Kinder, was man in der Schule alles lernen kann.“

BEELZEBUB IN TEXAS

Die Teufel schürten das Feuer, daß es nur so qualmte.

„Weiter so!" rief ihnen Beelzebub zu. „Den drei Neuen soll es ordentlich heiß bei uns werden."

Die Teufel warfen ununterbrochen Kiefernscheite ins Feuer. Und Beelzebub sah ihnen ungeduldig zu, denn er wartete auf drei Männer, die sich auf dem Weg in die Hölle befanden.

Endlich klopfte es an das Höllentor.

„Geh nachsehen, wer da ist", befahl Beelzebub dem Pförtner.

Der Pförtner öffnete das Tor, und drei zerknirschte Erdenbewohner kamen in die Hölle: ein Barbier, ein Student und ein Bankier. Sie zitterten am ganzen Leibe vor Angst, und ihre Zähne klapperten ihnen vor Schrecken.

Hinter ihnen trat aber noch jemand durch das Tor: ein baumlanger Kerl war das, der schaute nicht im geringsten verängstigt aus. Er trug einen Cowboyhut auf dem Kopf, und in den Händen hielt er ein Lasso.

Dieser baumlange Kerl ging also geradewegs auf den Holzhaufen zu, schob den Teufel, der die Scheite ins Feuer warf, beiseite, spuckte sich in die Hände, und siehe — schon nach einem Weilchen waren die Kessel glühend heiß. Der Dampf zischte, die Flammen prasselten und brausten. Wahrlich, es war schön anzusehen.

Aber Beelzebub, der Herrscher der Hölle, runzelte ärgerlich die Stirn: Ist das ein Benehmen? Kommt so ein Erdenwurm daher, stellt sich nicht vor, und keiner kennt ihn! Er fürchtet sich nicht, staunt über gar nichts, gebärdet sich, als wäre er seit eh und je in der Hölle zu Hause.

Beelzebub schäumt vor Wut, schlägt mit seiner Heugabel auf den Boden, klirrt mit den Ketten, aber der Mensch mit dem großen Hut hört und sieht nichts.

Da verliert Beelzebub die Geduld. Er springt von seinem Sitz

auf, stürzt auf den Mann zu und schreit ihn an: „Wirst du wohl aufhören, die Scheite ins Feuer zu werfen! Weißt du nicht, daß du dich zuerst vorzustellen hast? Soll ich vielleicht noch einen Boten auf die Erde schicken, um zu erfahren, wer du bist? Das ist mir ein schönes Benehmen!"

Der Mann mit dem großen Hut blickt nicht einmal auf, er wirft weiter Scheite aufs Feuer, daß die Kessel von der Glut stöhnen.

„Meinetwegen sei es, wie du es willst", sagt Beelzebub schließlich, „kümmere dich um das Feuer, Kraft hast du ja genug! Aber sag mir doch wenigstens, wer du bist und woher du kommst."

„Das ist kein Geheimnis", brummt der Mann mit dem großen Hut, „ich brauche mich weder für meinen Namen noch für meine Arbeit zu schämen. Man nennt mich Pferde-Bill. Früher handelte ich mit Pferden, war gewohnt, leicht Geld zu verdienen, verlor aber alles beim Kartenspiel, mußte von Farm zu Farm ziehen und betteln. Aber nirgends wollte man mir Arbeit geben. Es hatte sich herumgesprochen, daß ich ein Faulpelz sei. Ich — und ein Faulpelz! Hier beim Feuer will ich beweisen, daß ich keine Arbeit scheue und tüchtig zupacken kann."

Beelzebub schüttelte ungläubig den Kopf, so einen Kerl hatte es in der Hölle noch nie gegeben, und er fragte weiter: „Woher kommst du, Pferde-Bill, daß dir die höllische Hitze nichts ausmacht?"

Pferde-Bill lachte nur und antwortete: „Woher? Aus Texas, dem schönsten Land unter der Sonne. Wart Ihr schon mal dort? Ich sage Euch, dort würde es Euch gefallen."

Beelzebub schüttelte wieder verwundert den Kopf und antwortete, er habe noch nicht das Vergnügen gehabt, Texas kennenzulernen. Aber nach einer Weile fragte er, wie man dorthin gelangen könnte — wo dieses Land liege und wie es ausschaue.

„Hört gut zu", sagte der Mann mit dem großen Hut. „Ich will Euch gleich alles offen erklären."

Beelzebub stopfte sich seine Pfeife und ließ sich eine Flasche Whisky bringen, und Bill erzählte von Texas.

„Es wird Euch wohl gefallen, zu hören, daß die Texaner sehr arbeitsam sind, und daß es ihnen darum auch besonders gut geht."

Als Beelzebub das hörte, wurde er unruhig. Das wäre schon etwas, ein paar Texaner, so fleißig und kräftig wie Bill, in die Hölle zu bekommen!

„Der Wohlstand ist am besten an den Kühen zu messen, die im ganzen Land weiden", fuhr Bill fort.

„Ich kann mir keine Kuh vorstellen, ich habe nämlich noch keine gesehen", sagte Beelzebub und kratzte sich hinter dem Ohr.

„Eine Kuh erkennt man ganz leicht", beruhigte ihn Pferde-Bill. „Sie ist Euch ziemlich ähnlich, sie hat Hörner wie Ihr, und auch einen Schwanz. Mit den Kühen würdet Ihr bald Freundschaft schließen."

In der folgenden Nacht wälzte Beelzebub sich unruhig auf seinem Lager hin und her, er konnte nicht einschlafen, so sehr freute er sich auf den Morgen.

Am anderen Tag, lange bevor in der Hölle der Weckruf erschallte, öffnete Beelzebub das feurige Tor und eilte nach Texas.

Es war ein heißer Sommertag, und als Beelzebub auf einen großen Weideplatz kam, klebte ihm die Zunge vor Durst am Gaumen. Aber nirgends war auch nur ein Bäumchen zu sehen, in dessen Schatten er den von der Sonnenglut brennenden Kopf hätte niederlegen können. Ein feiner Staub, der über der Erde wirbelte, verstopfte ihm Augen und Ohren und drang ihm in die Kehle. Dicke Fliegen bissen ihn in den Nacken, und auch die Mücken ließen bald nicht mehr von ihm ab. Beelzebub hustete, räusperte sich, fauchte, schwitzte, versuchte sich zu erwehren, aber vergeblich. Die Sonne brannte unermüdlich,

der Staub wirbelte über der Weide, der heiße Wind blies Beelzebub ins Gesicht wie aus einem glühenden Kessel, und die Fliegen bissen und die Mücken stachen ihn.

Endlich erblickte Beelzebub einen Bach, der sich durch niedrige Sträucher wand. Und die Sträucher trugen schöne rote Früchte.

‚Das sind gewiß die Himbeeren von denen Pferde-Bill mir erzählt hat', dachte Beelzebub erfreut. Dann eilte er zu den Sträuchern, pflückte eine Handvoll von den schönen roten Früchten, stopfte sie in den Mund und schluckte sie hinunter.

Aber Blitz und Donnerwetter! Die Zunge brannte ihm wie Feuer, — denn nicht Himbeeren sondern Paprikaschoten hatte er verschluckt.

Eilig stürzte er zu dem Bach, tauchte den Kopf hinein und schlürfte das schlammige Wasser.

Als sich Beelzebub gegen Abend ein wenig erholt hatte und im Bach kein Tropfen Wasser mehr war, ging er weiter.

Er ging und ging, bis er zu einer Ranch kam. Dort sah er die vierbeinigen, gehörnten Tiere, von denen er wußte, daß es Kühe waren. Ein Cowboy trat an eine Kuh heran, und schon lag sie auf der Erde.

Beelzebub wunderte sich. Da muß ich doch fragen, wie man das macht. So ein Griff könnte sich auch in der Hölle als nützlich erweisen. Er näherte sich dem Cowboy und fragte: „Wie habt Ihr es angestellt, lieber Freund, daß die Kuh so schnell auf der Erde lag?"

Der Cowboy hob den Kopf, grinste und erklärte dann: „Das ist ganz einfach, Chef, es genügt, der Kuh den Schwanz zu drehen, und gleich legt sie sich nieder."

„Darf ich es mal versuchen?"

„Von mir aus!"

Beelzebub trat also an die Kuh heran, ergriff sie beim Schwanz und drehte.

Der Kuh traten vor Schmerz die Augen aus den Höhlen, sie hob ein Hinterbein und versetzte Beelzebub einen Tritt in den Bauch. Der schrie auf und kroch ins Gebüsch. Lange lag er da, schnaufte und ächzte.

In der Nacht, als der Tau ihn ein wenig erfrischt hatte, erhob er sich und torkelte in die Hölle zurück.

Dort war der Barbier gerade dabei, den Teufeln die Haare zu

stutzen, der Student lehrte sie, fünf Buchstaben zu lesen, und der Bankier unterrichtete sie im Rechnen.

Und Pferde-Bill stand immer noch da und warf Holzscheite ins Feuer.

„Warum hast du mir nicht gesagt, daß eine Kuh ausschlagen kann?" brummte Beelzebub.

„Seid froh, daß Euch kein Pferd geschlagen hat. Ein Pferdehuf hätte Euch so zugerichtet, daß Ihr aus Texas nicht einmal den Rückweg in die Hölle gefunden hättet", sagte Bill, und er warf ein so harziges Stück Holz ins Feuer, daß es in der Hölle duftete wie in einem Kiefernwald.

DIE GEHEIMNISVOLLE MUSIK

Dort, wo der Fluß ins Meer mündet, lebte einst ein Indianerstamm. Wie die Alten erzählten, waren ihre Urahnen vor langer, langer Zeit dem Meer entstiegen und hatten sich in den um die Mündung gelegenen Felsen angesiedelt.

Die Indianer ernährten sich von Fischen und Muscheln, sie liebten Gesang und Tanz.

Auf den Felsen errichteten sie einen mächtigen Tempel, zu dem sie in den Mondnächten hinaufstiegen, um sich vor der weißen Statue der Meerjungfrau zu verneigen.

Ihren Saiteninstrumenten entlockten sie geheimnisvolle Klänge, wie wenn der Wind das Laub der Bäume bewegt.

Gut ging es den Indianern.

Eines Tages legten Schiffe aus einem fremden Land am Ufer an, und den Schiffen entstiegen Soldaten. Sie besetzten die Küste und ein Stück Land nach dem anderen.

In dieser Zeit erschien eines Abends im Indianerdorf ein Mann mit einem langen weißen Bart.

Mit seinem Saiteninstrument rief er alle Angehörige des Stammes zusammen. Bis spät in die Nacht hinein spielte und sang er vom Ruhm des Stammes, vom Blut, mit dem die weißen Eroberer die Prärie tränken würden.

Über den Felsen rollte der rote Mond dahin, und noch immer spielte und sang der Alte, doch seine Schritte nahmen den Weg ins Tal hinunter.

Und hinter ihm trugen Männer die Statue der Meerjungfrau.

Der Greis ging zum Flußufer, schritt in den Fluß und bewegte sich auf dem Wasserspiegel leicht und sicher.

Und der Fluß begann mit geheimnisvoller Stimme zu singen, von Ufer zu Ufer klang es, als sei der Fluß aus dem Schlaf erwacht und erinnere sich an einen heiteren Traum.

Die Indianer lauschten den Klängen, die aus der Tiefe des Wassers kamen.

Der Greis aber teilte die Wogen mit der Hand und ließ sich langsam in den Fluß hinab.

Und das Wasser sang weiter das Lied der erwachten Fluten.

Stumm standen die Indianer, doch dann stieg einer nach dem anderen in den Fluß.

Als auch der letzte Angehörige des Stammes im singenden Fluß verschwunden war, bewegte sich der Fluß wie gewöhnlich still zum Meer.

Die weißen Eroberer fanden das Dorf verlassen.

Der ganze Stamm war verschwunden, im Fluß untergetaucht.

Aber seit damals ertönt an dieser Stelle die geheimnisvolle Musik aus der Tiefe.

Seltsame Klänge schweben über dem Wasser, werden von den Felsen zurückgeworfen, tönen von Ufer zu Ufer. Es ist der Gesang des Flusses, ebenso geheimnisvoll wie der Indianerstamm, der es vorzog, eher für immer in der Tiefe unterzutauchen, als sich den weißen Eroberern zu beugen.

DIE NASE VOLL GOLD

Als es sich herumsprach, daß man jenseits der Wälder und Wüsten Gold gefunden hatte, zogen Scharen von Abenteurern nach Westen.

Aber das Gold versteckte sich wie ein schlaues Füchslein hinter einem Baum, und so fanden die meisten nicht ein Körnchen.

Doch nun hört die Geschichte.

In einer kleinen Stadt im Westen saßen eines Abends, wie an jedem Abend, die Männer in der Kneipe, spielten Karten und erzählten von Erfolg und Mißgeschick bei der Goldsuche, da kam ein bärtiger Kerl herein. Der ging an die Theke und begann, als er sein Glas zwischen den Fingern drehte, leise, wie zu sich selber, zu reden: „Da bin ich aber sehr erstaunt! Hier schlagen die Männer sich die Zeit mit dem Kartenspiel tot, und ein paar Schritte weiter liegt das Gold in Klumpen und wartet nur darauf, daß jemand kommt und es ausgräbt."

Die Spieler ließen die Karten aus den Händen fallen, die Trinker vergaßen, die Gläser an den Mund zu führen. Alle dachten nur eins: Gold!

Und sie sprangen auf und umdrängten den Bärtigen, und überhäuften ihn mit Fragen: „Wo ist das Gold? Ihr habt Gold gefunden? Und ist noch genug für uns übriggeblieben?"

Der Bärtige räusperte sich, zuckte die Achseln, wollte nichts Bestimmtes sagen.

Aber je mehr er versuchte, die Antwort hinauszuschieben, desto mehr bedrängten sie ihn.

Der Bärtige ließ sich bewirten, bekam ein gutes Abendessen, ließ es geschehen, daß der Wirt eine Flasche vom besten Whisky vor ihn hinstellte, und sagte endlich zögernd: „Ja, Gold! Dort oben im Bach liegt so viel Gold, daß man es schon von weitem mit bloßem Auge sehen kann."

Die Männer stießen einander an.

„Aber das ist noch nicht alles", fuhr der Bärtige fort. „Weht nämlich ein leichter Wind, fliegt der Goldstaub auf und dringt einem in die Nase und die Kehle. Ja, ja, man erstickt am Gold."

„Das kann nicht wahr sein", riefen einige. Aber andere schrien gleich: „Warum sollte es nicht wahr sein? Sieht dieser Mensch etwa so aus, als ob er die Unwahrheit erzählt?"

Der Bärtige nickte, tat einen tüchtigen Schluck und erzählte weiter: „Am schlimmsten sind die Männer daran, die Schnupfen und Husten haben. Wenn einer niesen muß, fliegt ihm so viel Goldstaub aus der Nase, daß man dafür ein Haus und noch Wagen und Pferde dazu kaufen könnte. Wenn einer hustet, verliert er das Drei- wenn nicht gar das Vierfache. Wer also Schnupfen und Husten hat, tut gut

daran, beides auszukurieren, ehe er zum Bach geht."

In der Kneipe summte es wie in einem Bienenstock. Einer überschrie den andern, jeder gab Anweisungen und Ratschläge, und alle vereinbarten, sich am anderen Morgen zu treffen.

Der Bärtige schwieg nun, aß, trank die Flasche leer und ging an die frische Luft.

Am anderen Morgen war der Teufel los.

Obwohl es noch dunkel war, strömten Scharen von Goldgräbern durch die Gassen.

Als sie an den Bach kamen, ging gerade die Sonne auf.

Sie krempelten dennoch die Ärmel hoch, gruben die Schaufeln in den steinigen Boden und siebten den Sand.

Doch kein Körnchen Gold blieb auf den Pfannen zurück.

Immer wieder versuchten sie ihr Glück. Aber der Bach und die Krähen in den Weidenbäumen dazu schienen sie zu verhöhnen.

Gegen Abend entdeckte einer der Goldgräber an einem Strauch ein Stück Papier. Er kroch aus dem Wasser und las: ‚Besten Dank für die freundliche Aufnahme, das Abendessen war gut, der Whisky nicht schlecht. Dummerweise habe ich aber eine so große Nase, daß sich aller Goldstaub darin festgesetzt hat. Wartet jedoch, bis ich einmal niesen muß, dann fällt vielleicht auch für euch etwas ab.'

DER PRINZ UND DIE TOCHTER DES RIESEN

An dem Morgen, als der Prinz sich auf die Jagd begab, kämpfte auf einem Waldpfad ein Habicht mit einer Klapperschlange. Der Habicht war von dem Kampf schon ganz erschöpft, doch die Angriffe der Klapperschlange wurden immer heftiger, und schon schien es, als wollte sie den Habicht überwinden.

Da kam der Prinz, zog sein Jagdmesser und tötete die Klapperschlange.

„Ich danke dir, du hast mir das Leben gerettet", sagte der Habicht. „Setz dich auf meinen Rücken, und ich will dir zeigen, wie schön es hoch oben in den Wolken ist."

Der Prinz setzte sich auf den Rücken des Habichts, und der breitete seine Schwingen aus und flog mit dem Prinzen hoch und immer höher, fast bis zum Himmel.

Tief unter ihnen lagen sieben Berge. Als der Habicht über den siebenten Berg geflogen war, ging gerade die Sonne unter.

„In einer Weile wird es Nacht", sagte der Habicht. „Hinter dem Wald steht das Haus meiner ältesten Schwester. Dorthin will ich dich bringen. Wenn du ihr sagst, daß du die Klapperschlange getötet und mir das Leben gerettet hast, wird sie dich bewirten und dir ein weiches Lager bereiten. Morgen werde ich kommen, dich wieder abzuholen."

Der Habicht ließ sich mit dem Prinzen hinter dem Wald zur Erde hinab und flog gleich wieder allein auf.

Und es war, wie der Habicht es gesagt hatte, die älteste Schwester bewirtete den Prinzen und gab ihm auch ein weiches Lager.

Am nächsten Morgen kam der Habicht geflogen, nahm den Prinzen auf den Rücken und erhob sich mit ihm in die Lüfte. Und bald sahen sie tief unter sich sieben breite Flüsse. Als sie über den siebenten Fluß flogen, ging gerade die Sonne unter.

„In einer Weile wird es Nacht“, sagte der Habicht, „ich will dich zu meiner mittleren Schwester bringen. Wenn du ihr sagst, daß du mir das Leben gerettet hast, wird sie dich bewirten und dir ein weiches Lager geben.“

Und es war, wie der Habicht es gesagt hatte, die mittlere Schwester bewirtete den Prinzen und gab ihm auch ein weiches Lager.

Am Morgen kam der Habicht geflogen, und kaum hatte er sich auf die Erde hinabgelassen, verwandelte er sich in einen stattlichen Jüngling.

„Eine Hexe hat mich in einen Habicht verwandelt“, sagte der Jüngling. „Ich habe dich über den siebenten Wald und den siebenten Fluß getragen, und so ist die Macht der Hexe gebrochen. Gehe nun weiter, bis zu dem Haus am Waldsee, in dem meine jüngste Schwester wohnt. Wenn du ihr erzählst, daß du mir das Leben gerettet hast, wird sie dich bewirten und dir auch ein weiches Lager geben.“

Der Prinz ging einen ganzen Tag lang, und als die Sonne unterging, gelangte er zu dem Haus am Waldsee, in dem die jüngste Schwester wohnte.

Als der Prinz erzählt hatte, was zu erzählen war, wurde er reich bewirtet und erhielt ein weiches Nachtlager.

Am anderen Morgen verabschiedete der Prinz sich von der jüngsten Schwester, und die schenkte dem Prinzen zum Dank dafür, daß er ihrem Bruder das Leben gerettet hatte, eine Zaubertasche.

„Du darfst sie aber erst dann öffnen, wenn du dorthin gelangt bist, wo du für immer bleiben möchtest.“

Der Prinz bedankte sich und machte sich wieder auf den Weg. Er ging und ging und kam in ein liebliches Tal.

„Hier gefällt es mir gut“, sagte sich der Prinz, „hier will ich bleiben.“

Er öffnete die Zaubertasche, und vor ihm stand ein prachtvolles Schloß, von einem Rosengarten umgeben.

Der Prinz klopfte an das Schloßtor, und als es sich öffnete, schrie auf einem blühenden Apfelbaum im Garten ein Pfau.

Doch im gleichen Augenblick erhob sich auch ein Sturmwind, und aus dem Wald hinter dem Schloß trat ein einäugiger Riese hervor, der brüllte: „Ein Schloß in meinem Reich? Mit seinem Leben soll, der es gebaut hat, dafür bezahlen.“

Der Prinz wollte sein Leben nicht so unnütz verschwenden und sprach zu dem Riesen: „Laß mich leben, ich will dir dafür jeden Wunsch erfüllen."

„Jeden Wunsch?" überlegte der Riese. „Nun gut, ich lasse dich am Leben, wenn du versprichst, mir deinen ersten Sohn zu geben."

Der Prinz überlegte nicht lange und willigte ein, denn er hatte noch niemals daran gedacht, sich zu verheiraten.

Da lachte der Riese so laut, daß der Fluß aus seinen Ufern trat, und verschwand im Wald.

Der Prinz schloß die Zaubertasche, und im gleichen Augenblick verschwand das Schloß mitsamt dem Rosengarten und dem Pfau auf dem Apfelbaum.

Und der Prinz ging und ging, bis er an einen blauen Fluß kam. Dort blieb er stehen und sagte: „Hier gefällt es mir, hier will ich bleiben."

Er öffnete die Zaubertasche, und schon stand vor ihm ein prachtvolles Schloß, das von einem Rosengarten umgeben war. Der Prinz klopfte an das Tor, und als es sich von selbst öffnete, schrie auf einem blühenden Apfelbaum ein Pfau.

Im gleichen Augenblick trat aber auch ein schönes Mädchen vor das Schloß.

„Ich habe dich erwartet", sagte es lächelnd zu dem Prinzen.

Und der Prinz sah, daß es die jüngste Schwester des Habichts war.

Bald darauf nahm der Prinz das schöne Mädchen zur Frau. Nach einem Jahr lag ihr erstes Kind in der Wiege, und es war ein Sohn.

Sieben Jahre vergingen, da erhob sich eines Morgens ein Sturm, und aus dem Wald trat der einäugige Riese hervor. Der trommelte an das Schloßtor und rief: „Ich komme, mir deinen Sohn zu holen, Prinz."

Der Prinz erschrak. Was sollte er tun?

„Warte eine Weile", sagte er schließlich, „wir müssen den Knaben erst für die Reise vorbereiten."

Und der Prinz befahl, man solle einen Küchenjungen in die Kleider seines Sohnes stecken.

Als der Riese mit dem Jungen drei Berge und drei Flüsse überquert hatte, hielt er an und fragte: „Sag, welche Rose im Schloßgarten duftet am schönsten?"

„Wie soll ich das wissen", antwortete der Junge, „wo ich doch noch niemals an einer Rose gerochen habe. Dafür kann ich Euch aber sagen, daß ein Huhn am besten singt, wenn es in der Backröhre schmort."

Der Riese spuckte aus, warf sich den Küchenjungen über die Schulter und lief mit ihm zum Schloß zurück. Dort trommelte er ans Schloßtor und brüllte: „Du hast mich betrogen, Prinz, statt deines Sohnes hast du mir einen Küchenjungen mitgegeben."

„Ich habe mich geirrt", sagte der Prinz ruhig, „im Schloß war es dunkel. Hab eine Weile Geduld, wir wollen den Knaben erst für die Reise vorbereiten."

Und der Prinz befahl, man solle einem Gänsehirten die Kleider seines Sohnes anziehen.

Als der Riese mit dem Jungen durch sieben Täler und über sieben Berge gelaufen war, machte der Riese vor einer Felsenhöhle halt und fragte den Jungen: „Welche Rose im Schloßgarten hat die meisten Dornen?"

Der Hirtenjunge lachte und sagte: „Ich habe noch niemals eine Rose gesehen, wie könnte ich also wissen, welche von ihnen die meisten Dornen hat? Dafür kann ich Euch aber verraten, warum eine Gans nur zwei Keulen hat – eine Keule bekommt der Schloßherr auf den Teller, die andere die Schloßherrin. Der Prinz hat für Gänsekeulen nichts übrig. Und darum hat eine Gans nur zwei Keulen."

Der Riese wurde zornig, warf sich den Gänsehirten über die Schulter und eilte zum Schloß zurück.

Am Schloßtor rief er: „Du hast mich zweimal betrogen, Prinz. Wenn du mir jetzt nicht deinen Sohn gibst, will ich dein Schloß in einen Felsen und alle, die darin sind, in Schlangen und Kröten verwandeln."

Da ließ der Prinz seinen Sohn ankleiden und führte ihn zu dem einäugigen Riesen.

Der Riese nahm den kleinen Prinzen bei der Hand und verschwand mit ihm im Wald.

„Welche ist die schönste Rose im Schloßgarten?" fragte der Riese dort.

„Die schönste Rose? Das ist die, welche meine Mutter gepflanzt hat, als ich geboren wurde."

„Du bist der echte Prinz", sagte der Riese, „und das ist dein Glück."

Dann hob er den Knaben auf seine Schultern und ging mit ihm über neun Berge, durch neun Flüsse und neun Täler, bis er zu seinem Riesenschloß kam.

Der Riese hatte aber eine Tochter, die war so freundlich und so schön, daß es dem Knaben nicht schwerfiel, fortan weitab von seinen Eltern zu leben.

So vergingen die Jahre. Der Prinz wuchs zu einem stattlichen Jüngling heran, und die Tochter des Riesen wurde von Tag zu Tag schöner, und dazu nicht größer als gewöhnliche Menschen es sind.

Und da sie einander sehr gern hatten, beschlossen sie, sich niemals mehr zu trennen.

Der Riese wollte dem Prinzen seine Tochter aber nur dann zur Frau geben, wenn es ihm gelänge, drei Aufgaben zu erfüllen.

„Ehe die Sonne wieder aufgeht, sollst du den großen Stall gereinigt haben. Das ist die erste Aufgabe", sagte der Riese.

Im Stall standen neunundneunzig Kühe, und schon neun Jahre lang hatte man den Dung nicht entfernt.

Der Jüngling nahm eine Mistgabel in die Hand und machte sich an die Arbeit. Mitternacht war längst vorüber, die Hähne im Hof krähten schon, und im Stall reichte der Dung noch immer bis zu den Knien.

Da kam die Tochter des Riesen aus dem Schloß, sang leise ein Lied, und von fern strömte der Fluß herbei; und noch ehe die Sonne aufging, hatte der Fluß den ganzen Dung aus dem Stall geschwemmt.

Als der Riese erwachte, sprang er gleich auf und lief in den Stall, und da sah er, daß die erste Aufgabe erfüllt war.

„So höre die zweite Aufgabe", sagte er zum Prinzen. „Ehe die Sonne wieder aufgeht, sollst du das Schloßdach mit Vogelfedern bedeckt haben. Aber jede Feder muß von einem anderen Vogel stammen, keine darf der anderen gleichen."

„Das ist eine schwere Aufgabe", sagte der Jüngling.

Dann ging er in den Wald, Vögel zu fangen. Aber als die Sonne hinter den Bergen versank und die Vögel sich in ihre Nester verkrochen, hatte er gerade drei gefangen, und einer glich dazu noch dem anderen.

Da kam die Tochter des Riesen aus dem Schloß, sang leise ein Lied, und ein Wind erhob sich, und vom Himmel herab schwebten Tausende und Abertausende Vogelfedern, die bedeckten das ganze Schloßdach.

Am Morgen lief der Riese vor das Schloß und blickte zum Dach hinauf. Da sah er, daß auch die zweite Aufgabe erfüllt war.

„Nun, so höre die dritte Aufgabe", sagte er zum Prinzen. „Siehst du dort im Wald die hohe Fichte? In ihrem Wipfel ist ein Rabennest. Ehe die Sonne wieder aufgeht, sollst du mir die Eier bringen, die darin liegen."

Der Jüngling lief in den Wald und schickte sich an, die Fichte zu erklimmen. Doch je höher er kletterte, desto schneller wuchs die Fichte. Es dämmerte, der Abendstern stand am Himmel, aber der Wipfel der Fichte war noch immer hoch über des Jünglings Haupt.

Da kam aus dem Schloß die Tochter des Riesen, sang ein leises Lied, und vom Himmel ließ sich ein Adler herab, der nahm die Rabeneier in den Schnabel und ließ sie sanft ins Moos fallen. Der Jüngling legte die Eier in seine Mütze und trug sie ins Schloß.

Als die Sonne aufging und der Riese erwachte, wollte er gleich die Eier sehen.

Der Jüngling reichte ihm die Mütze, in der die drei Rabeneier lagen.

Am anderen Tag feierten der Prinz und die Tochter des Riesen Hochzeit.

Doch als sie an der Festtafel saßen und die Braut einen Blick ihres Vaters aufgefangen hatte, sagte sie: „Es sieht so aus, als ob mein Vater etwas im Schilde führt. Wir müssen uns in acht nehmen. Sollte es ihm aber in den Sinn kommen, einen Zauber auszusprechen, so sieh nur allen Mädchen und Frauen auf den Mittelfinger ihrer linken

Hand. An dem hellen Rand, der von einem Ring bedeckt war, den ich gestern verlor, wirst du mich erkennen."

Da stand der Riese auch schon auf und sagte zu dem Prinzen: „Wenn du meine Tochter liebst, wirst du sie gewiß unter allen Frauen leicht erkennen."

Dann hob er eine Hand, und alle Mädchen und Frauen verwandelten sich — so daß eine der anderen vollkommen glich.

„Nun, welche ist meine Tochter?" fragte der Riese, und er lachte, daß die Gläser klirrten.

Der Prinz sah sich um, betrachtete aufmerksam eine der Anwesenden nach der anderen, und er sah, jede trug einen Ring.

Nur die letzte hatte einen hellen Rand am Mittelfinger ihrer linken Hand.

„Diese ist deine Tochter", sagte der Prinz.

Der Riese runzelte die Stirn, hob einen großen Pokal mit Wein und warf ihn zornig gegen die Wand. Dann ging er fort, legte sich in sein Bett und schlief ein.

„Wenn wir nicht fliehen, wird mein Vater sich etwas anderes einfallen lassen, mit dem er uns schaden könnte", sagte die Braut.

Dann nahm sie einen Apfel vom Tisch und ging mit dem Prinzen in das Schlafgemach des Riesen. Dort schnitt die Braut den Apfel in drei Teile, das erste schob sie unter das Kopfkissen, das zweite legte sie auf das Fensterbrett und das dritte auf den Kamin. Dann lief sie mit dem Prinzen in den Stall, sattelte das schnellste Pferd des Riesen, und beide saßen auf.

Das Pferd lief, es sprang, es flog dahin.

Aber bald schon krähte der Hahn im Schloßhof zum ersten Mal, und der Riese rieb sich die Augen und rief: „Töchterchen, schläfst du schon?"

„Noch nicht, Vater", antwortete das Apfelstückchen unter dem Kopfkissen des Riesen.

Da legte sich der Riese auf die rechte Seite und schlief zufrieden wieder ein.

Als der Hahn zum zweiten Mal krähte, riß der Riese die Augen auf und rief: „Töchterchen, schläfst du schon?"

„Noch nicht, Vater", antwortete das zweite Apfelstückchen auf dem Fensterbrett.

Da legte sich der Riese auf die linke Seite und schlief zufrieden wieder ein.

Als der Hahn im Hof zum dritten Mal krähte, richtete sich der Riese auf und rief: „Töchterchen, schläfst du schon?"

„Noch nicht, Vater", antwortete das dritte Apfelstückchen auf dem Kamin.

Da legte der Riese sich auf den Rücken, um weiterzuschlafen.

Aber einer Fliege war es eingefallen, sich auf seiner Nase niederzulassen und sie mit ihren Beinchen zu kitzeln. Die Fliege kitzelte den Riesen derart, daß er niesen mußte und vollends erwachte. Er sprang aus dem Bett und ging in das Schlafgemach seiner Tochter. Und was sah er? Das Bett war leer, und die Tür stand offen.

‚Wartet nur, ich werde euch schon einholen', dachte der Riese. Dann lief er in den Stall, warf einem klapprigen alten Gaul den Sattel über und saß auf. Und gleich verwandelte sich der klapprige Gaul in ein feuriges Pferd, das wie der Wind davonjagte und den Flüchtenden schnell auf den Fersen war.

Da riß die Braut sich den Schleier vom Kopf und warf ihn hinter sich, und im Nu wuchs daraus ein dichter Wald.

Der Riese wendete sein Pferd, ritt ins Schloß zurück, holte eine zweischneidige Axt und hieb sich einen Weg durch den Wald.

Aber ehe er die Flüchtenden eingeholt hatte, zog sich die Braut einen Schuh vom Fuß und warf ihn hinter sich. Da erhob sich zwischen den Flüchtlingen und dem Riesen ein Berg, der bis zu den Wolken reichte.

Der Riese wendete sein Pferd, kehrte ins Schloß zurück, holte eine Spitzhacke und hieb sich damit einen Weg durch den Berg.

Aber als er den Flüchtenden schon ganz nahe war, warf die Braut ihr Perlenhalsband hinter sich. Und die Perlen verwandelten sich in ein Meer, in dem der Riese mit seinem Pferd versank.

„Jetzt haben wir nichts mehr zu befürchten", sagte der Prinz. „Steig auf die hohe Erle dort an der Quelle, so bist du vor den Wölfen in Sicherheit. Ich will inzwischen in das Schloß meines Vaters reiten und Anweisung geben, daß zu deiner Begrüßung ein Fest ausgerichtet wird. Danach komme ich, um dich zu holen."

Die junge Frau kletterte auf die Erle und sagte: „Aber erlaube im Schloß deines Vaters niemandem, dich zu küssen, sonst vergißt du mich für immer!"

„Ich will daran denken", sagte der Prinz und ritt davon.

Und er vergaß die Warnung auch nicht, als er seinen Vater und seine Mutter begrüßte, die ihn längst verloren geglaubt hatten.

Doch das Hündchen, mit dem der Prinz oft gespielt hatte, leckte ihm, ehe er sich dessen erwehren konnte, zärtlich beide Wangen ab.

Und im gleichen Augenblick hatte der Prinz seine junge Frau vergessen.

Drei Tage vergingen, und die junge Frau auf dem Erlenbaum wartete noch immer vergeblich.

Unweit der Quelle stand aber ein halbverfallenes Häuschen, in dem wohnte ein Schuster mit seiner trägen Frau und seiner noch trägeren Tochter.

„Frau", sagte der Schuster jeden Tag, wenn die Sonne sich anschickte, den Himmel wieder hinunterzurollen, „ich habe großen Durst, aber ich möchte noch diese Schuhe besohlen. Steh auf, nimm einen Eimer und bring mir Wasser von der Quelle."

Die Frau gähnte, rekelte sich noch eine Weile in ihrem Bett, stand schließlich auf, zog sich an, nahm den Eimer und ging zur Quelle, Wasser holen. So war es auch am vierten Tag, nachdem der Prinz in das Schloß seines Vaters geritten war.

Aber als die Frau sich über das Wasser beugte, erblickte sie ein schönes Mädchengesicht auf dem Wasserspiegel.

„So jung bin ich über Nacht geworden?" fragte sich die Schustersfrau verwundert. „Ach, jetzt bin ich ja hübscher als alle Frauen in der Gegend.“

Und sie setzte sich unweit der Quelle ins Moos und dachte nach. Es tat ihr leid, daß sie nur einen gewöhnlichen Schuster zum Mann hatte. Wo sie doch so hübsch und so jung aussah, könnte sie getrost die Frau eines Königs sein! So saß sie da, überlegte, freute sich und träumte von einem Königsthron.

„Wo bleibt denn die Mutter mit dem Wasser?“ wunderte sich der Schuster, dem vor Durst schon die Zunge am Gaumen klebte. Und er hieß seine Tochter, zur Quelle zu laufen.

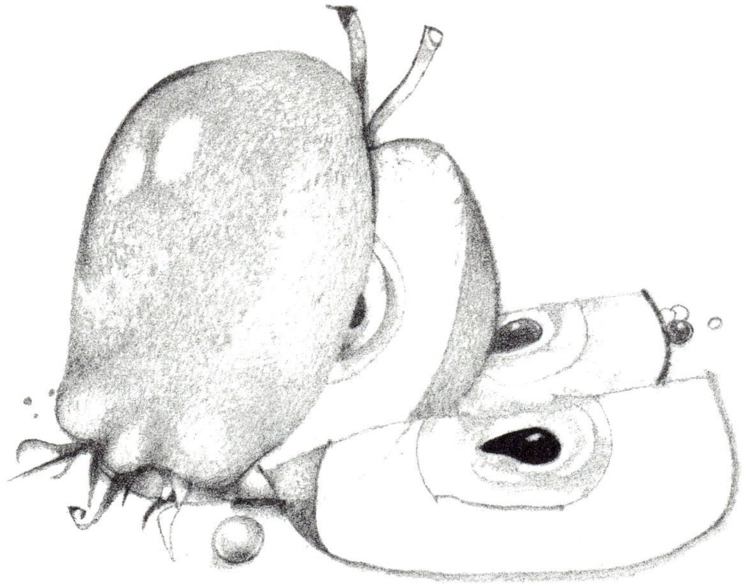

Die Tochter rieb sich die Augen, rekelte sich im Bett, stand schließlich auf, trank einen Becher Milch und schlenderte dann mit einem Krug zur Quelle.

Da erblickte sie im Wasserspiegel statt eines zerzausten, vom vielen Schlafen aufgedunsenen Mädchens eine Schönheit.

„Ich wußte ja gar nicht, wie schön ich bin“, sagte die Schusterstochter verwundert. „Und so eine Schönheit soll den Fußboden fegen, Kartoffeln schälen oder einem Vater, der nur ein armer Schuster ist, Wasser holen? Nein, nie und nimmermehr!“

Und sie warf den Krug ins Gebüsch und machte sich auf den Weg in die Stadt.

Der Schuster wartete noch eine Weile, dann warf er den alten Schuh in die Ecke, stach die Ahle in die Werkbank, stand auf und ging selber zur Quelle, sich Wasser zu holen.

Als der Schuster sich über den Wasserspiegel beugte, erblickte er darin das Antlitz eines wunderschönen Mädchens, und als er sich umwandte, entdeckte er zwischen den Ästen die junge Frau des Prinzen.

„Warum sitzt du dort oben“, fragte der Schuster. „Komm nur hübsch herunter, die Erde ist ein besserer Platz. Wenn du aber Hunger hast, so will ich dir in der Hütte etwas zu essen geben.“

Die junge Frau kletterte von der Erle herunter und ging mit dem Schuster in die Hütte.

Noch ehe die faule Schustersfrau im Gebüsch ausgeschlafen und die noch faulere Schusterstochter sich eine Halskette in der Stadt gekauft hatte, war die junge Frau darangegangen, das Haus zu säubern und das Essen zu kochen. Und so war es allen recht, daß sie bei ihnen in der Hütte blieb.

Eines Tages kam in die Schusterwerkstatt der Kammerdiener des Prinzen, der brachte dreiunddreißig Paar Stiefel und Schuhe zum Besohlen.

„Mach dich nur gleich an die Arbeit, Schuster“ sagte der Kammerdiener. „Der Prinz wird in einer Woche Hochzeit halten, und da soll alles seine Ordnung haben.“

„Bei meinem Leisten“, jammerte der Schuster, „wie soll ich in einer Woche dreiunddreißig Paar Stiefel und Schuhe reparieren? Und wenn ich Tag und Nacht daran arbeitete, könnte ich es nicht in so kurzer Zeit fertigbringen.“

Die junge Frau hatte alles mitangehört. Sie trat vor den Kammerdiener und sagte: „Auch wenn alle Stiefel und Schuhe repariert wären, hätte nicht alles seine Ordnung.“

„Wie soll man das verstehen?“ fragte der Kammerdiener.

„Nimm mich mit ins Schloß“, sagte die junge Frau, „und meine Rede wird dich nicht weiter verwundern.“

Da nahm der Kammerdiener die junge Frau mit auf das Schloß, und der Prinz erkannte sie, und alles fiel ihm wieder ein.

Und er schickte die Braut, die sein Vater für ihn ausgewählt hatte, wieder nach Hause.

Aber ein großes Fest gab es doch. Es dauerte sieben mal sieben

Tage. Auch der Schuster mit seiner trägen Frau und seiner noch trägeren Tochter waren geladen. Und die war auf einmal gar nicht mehr träge.

Ihr glaubt es nicht?

Da geht nur hin und fragt sie selbst. Sie werden euch schon die ganze Wahrheit sagen.

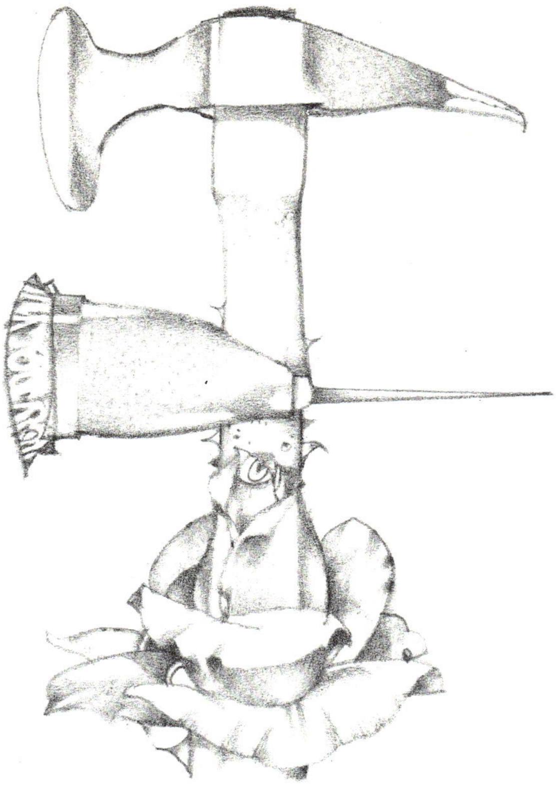

VON DEN FLIEGENDEN SKLAVEN

Im Süden gab es einmal einen weißen Plantagenbesitzer, der kein Mitleid kannte. Lange vor Sonnenaufgang ließ er seine Sklaven mit Stöcken an die Arbeit treiben, und am späten Abend trieb er sie wieder mit Stockschlägen in die Hütten zurück.

Manche Plantagenbesitzer gönnten ihren Sklaven über Mittag, wenn die Sonnenglut schier unerträglich war, eine Ruhepause.

Aber dieser Plantagenbesitzer zwang die Neger, auch in der größten Hitze zu arbeiten.

Am Rande seiner Plantagen wuchsen alte, dicht belaubte Maulbeerbäume. Doch hatte sich einer der Arbeiter auch nur für ein Weilchen unter einen Baum gesetzt, rief der Plantagenbesitzer gleich nach den Aufsehern, und die sprangen mit ihren Stöcken herbei und prügelten den von der glühenden Hitze erschöpften Sklaven wieder auf die Plantage zurück.

Auch Greise, Frauen und Kinder mußten von früh bis spät hart arbeiten.

Unter den Sklaven war aber eine Frau, der hatte der Plantagenbesitzer, obwohl sie erst vor wenigen Tagen ein Kind geboren hatte und darum noch sehr schwach war, befohlen, wie die anderen an die Arbeit zu gehen. Die Frau band sich einen Sack um die Hüften, legte ihr Kind hinein und hackte mit den übrigen Sklaven die Erde um die Baumwollstauden auf.

Das Kind begann bald zu schreien, aber jedesmal wenn die Frau ihm zu trinken geben wollte, sprang der Aufseher herbei und zwang sie, weiterzuarbeiten.

Wie ein glühender Kupferdeckel lag die Hitze über der Plantage.

Die junge Frau wurde plötzlich von einem Schwindel befallen, vor ihren Augen kreisten feurige Räder. Sie fiel mit ihrem Kind zwischen die Baumwollstauden.

Der Aufseher sprang herzu, er schrie sie an, er befahl ihr, sofort aufzustehen und schlug mit dem Stock auf sie ein.

Die Frau erhob sich und wandte sich einem weißhaarigen Greis, dem ältesten unter den Sklaven, zu. Es schien, als ob sie ihn etwas fragte. Der Alte lächelte die Frau an, schüttelte aber verneinend den Kopf.

Da beugte sich die Frau wieder zu den Baumwollstauden hin und arbeitete weiter.

Nach einer Weile fiel sie aber erneut vor Schwäche hin.

Und wieder war der Aufseher neben ihr und zwang sie mit Stockschlägen aufzustehen.

Und wieder wandte sie sich mit einer stummen Frage an den Greis.

„Noch nicht, Töchterchen", sagte der Alte in einer Sprache, die der Aufseher nicht verstand.

Also beugte die junge Frau abermals den Kopf, um die Arbeit zu tun.

Als die junge Frau zum dritten Mal vor Schwäche hinfiel, und der Aufseher sie auch dieses Mal mit Stockschlägen zum Aufstehen zwang, wandte die junge Mutter dem weißhaarigen Greis die Augen zu und fragte leise: „Ist es denn noch nicht an der Zeit, Väterchen?"

„Doch, Töchterchen, jetzt ist es Zeit. Mach dich auf den Weg, — Friede sei mit dir!"

Und die junge Frau wußte nicht, wie es geschah.

Sie breitete ihre Arme aus, erhob sich von der glühend heißen Erde und stieg höher und immer höher. Sie flog über der Plantage wie ein Vogel dahin.

Der Aufseher lief und weckte den Plantagenbesitzer, und der konnte gerade noch sehen, wie die junge Frau mit ihrem Kind über dem Wald in der Ferne verschwand.

Wutentbrannt befahl er dem Aufseher, auf die Sklaven einzuprügeln, und der Aufseher kam dem Befehl nur allzu gerne nach.

Es dauerte nicht lange, und einer der Neger brach unter den Stockschlägen zusammen.

Da flüsterte der weißhaarige Alte ein paar Worte, und der Neger stand auf, lächelte, breitete die Arme aus und erhob sich in die Luft, flog höher und immer höher und verschwand wie die junge Frau hinter dem Wald.

Jedesmal, wenn ein Mann oder eine Frau hinstürzte, flüsterte der weißhaarige Greis nun ein paar Worte.

Und die Neger breiteten einer nach dem andern ihre Arme aus, erhoben sich in die Luft, höher und immer höher.

Benommen lief der Plantagenbesitzer über die Felder und schrie dem Aufseher zu: „Schlag ihn tot, den Alten mit den weißen Haaren, töte ihn!"

Der Aufseher hob den Stock, und die Hiebe prasselten auf den gebeugten Rücken des alten Negers herunter.

Aber der Greis mit den weißen Haaren hörte nicht auf zu lächeln. Er flüsterte den Sklaven, die noch bei ihm waren, eben die Worte zu, die er schon den anderen zugeflüstert hatte.

Und alle Sklaven erinnerten sich wieder an die Kraft, die sie einst besessen hatten.

Sie drängten sich zusammen, und Junge und Alte, Männer, Frauen und Kinder, alle Neger erhoben sich in die Lüfte, kreisten über den Feldern, stiegen höher und immer höher und verschwanden jenseits des Waldes.

Als letzter breitete der Greis mit den weißen Haaren seine Arme aus und flog davon.

Der Plantagenbesitzer riß dem Aufseher den Stock aus den Händen und hob ihn drohend zum Himmel empor. Aber jetzt war er machtlos, jetzt konnte er nichts mehr ausrichten, und so schlug er zornig den Stock in den Boden.

DER PRINZ IN DER ESELSHAUT

Es waren einmal ein König und eine Königin, und die wünschten sich sehnlich ein Kind.

Eines Tages saß die Königin am See und dachte an das Kind, das sie sich so sehr wünschten. Da rief sie, ohne daß sie es recht überlegt hatte, aus: „Und hätte es eine Eselshaut, wenn es nur unser Kind wäre!"

In dem Augenblick tauchte aus dem See eine Nixe auf, die rief: „Dein Wunsch soll erfüllt werden, Königin!"

Als der König am Abend von der Jagd heimkam und in das Gemach der Königin eilte, fand er es leer. Da öffnete er eine Tür nach der anderen, und im letzten, dem neunundneunzigsten Gemach fand er die Königin mit einem Bündel im Arm.

„Was suchst du da zu verbergen?" fragte der König.

„Frag lieber nicht", antwortete die Königin traurig.

Da ging der König nahe heran und sah, daß die Königin einen kleinen Esel im Arm hielt.

„Was hat das zu bedeuten?" fragte der König ärgerlich.

Die Königin schwieg. Aber weil der König keine Ruhe gab, sagte sie endlich: „Es ist unser Kind."

Der König liebte die Königin sehr und hatte ihr noch niemals ein böses Wort gesagt. Er wollte sie auch jetzt nicht noch trauriger machen, als sie es schon war, und darum sagte er: „Es ist ein schönes Kind."

„Wie gut du bist!" rief die Königin aus. „Was wird aber das Volk sagen, wenn es erfährt, daß der Prinz die Gestalt eines Esels hat? Gewiß wird man ihn auslachen und Spottlieder auf ihn singen."

„Wer es wagt, über die wahre Gestalt des Prinzen zu sprechen, hat keinen Tag länger zu leben", sagte der König mit finsterer Miene.

Am folgenden Tag ließ der König das Volk zusammenrufen, und als es versammelt war, ging er hinaus, hob den Prinzen hoch und

rief: „Seht, dies ist euer künftiger König. Und merkt euch wohl: Wer es wagt, über ihn zu verbreiten, er habe eine andere als eine menschliche Gestalt, ist des Todes."

„Was für ein schönes Kind", riefen alle.

Dann gingen sie nach Hause und sahen einander nicht an und dachten doch alle, daß es ein Jammer um den Prinzen sei.

Der Prinz wuchs heran, und der König versagte ihm keine Unterhaltung, nur in einen Spiegel durfte er niemals schauen. Damit er nicht etwa doch der Versuchung erlag, hatten die Diener alle Spiegel im Schloß abnehmen müssen.

Mehr als jede andere Art der Unterhaltung liebte der Prinz aber das Harfenspiel. Obwohl seine Finger nicht dazu gemacht waren, lernte er es beharrlich, und am Ende wußte er die Harfe so gut zu spielen wie sein Meister selber.

Viele Stunden am Tag brachte er damit zu. Und die ihn hörten, seufzten und flüsterten: „Was für ein Jammer ist es doch mit dem Prinzen."

Einmal setzte sich der Prinz mit seiner Harfe an den Rand eines Brunnens, und wie er sich über das Wasser beugte, erkannte er darin einen Eselskopf.

Der Prinz wunderte sich, wo denn so plötzlich ein Esel hergekommen sei. Aber als er weit und breit kein lebendiges Wesen entdeckte, begriff er alles.

Und er war so betrübt, daß er in die weite Welt ging.

Nach sieben mal siebzig Tagen kam er in ein Land, in dem ein alter König regierte. Diesem berichtete eines Morgens der Torhüter, daß es vor dem Schloß ein Schauspiel gäbe, wie er noch nie eines gesehen habe. Da spiele — und wenn er es nicht mit eigenen Augen gesehen habe, wolle er es niemals geglaubt haben — ein Esel die Harfe.

„Das soll mir wohl ein Schauspiel sein!" rief der König, und er befahl, den Esel, der da die Harfe spiele, ins Schloß zu bringen.

Der Torhüter ging und forderte den Prinzen auf, ihm zu folgen, und der Prinz, der niemandem etwas abschlagen mochte, ging bereitwillig mit. Und er spielte vor dem König die Harfe, daß alle, die sich um ihn versammelt und zuerst gelacht hatten, ein um das andere Mal „Oh!" und „Ah!" ausriefen.

Nur die Prinzessin, die Tochter des alten Königs, schwieg. Als der Prinz geendet hatte, sagte der König: „Du hast uns mit deinem Spiel erfreut. Geh darum zu den Dienern und iß mit ihnen an einem Tisch."

Aber der Prinz in der Eselshaut schüttelte den Kopf und erwiderte: „Ich bin es nicht gewohnt, mit den Dienern zu essen, denn ich bin kein Diener."

Da lachte der König, und er hieß den Prinzen in der Eselshaut, sich neben die Prinzessin zu setzen.

„Ich danke Euch", sagte der Prinz, und er aß und trank, und er

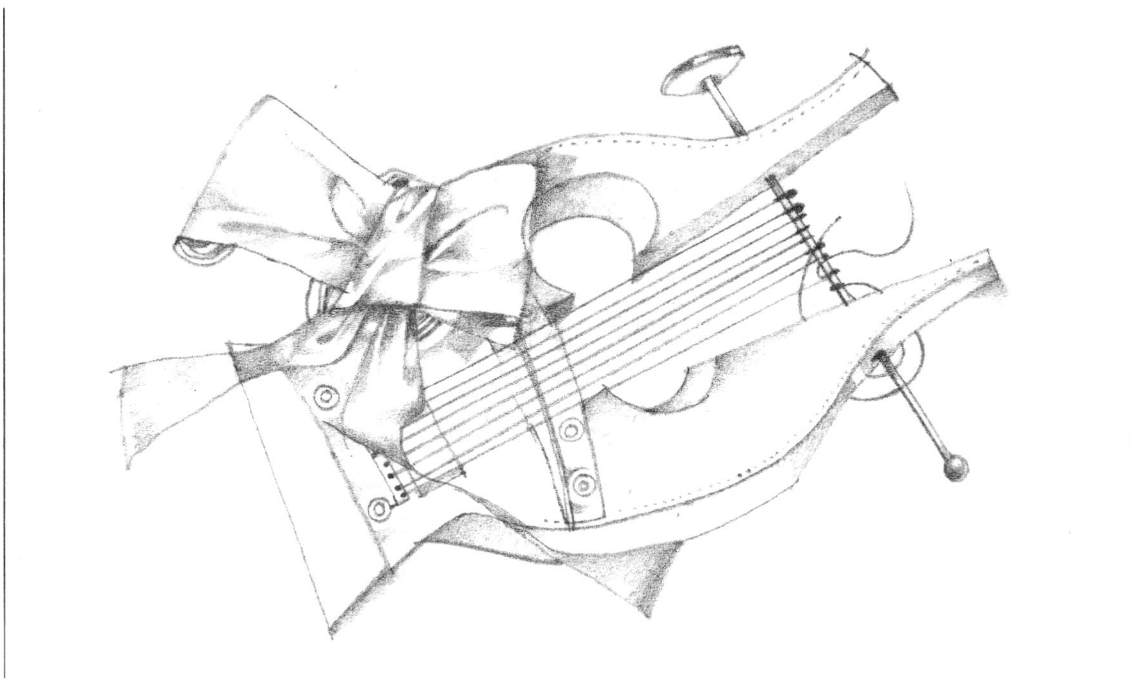

wußte sich so fein zu benehmen, wie es niemand sich hätte besser wünschen können. Und er war froh und guter Dinge.

So blieb der Prinz in der Eselshaut denn im Schloß.

Eines Tages überraschte der König den Prinzen in der Eselshaut aber, wie er traurig am Fenster saß.

„Was ist dir?" fragte der König. „Hast du nicht genug zu essen und zu trinken?"

„Ich habe genug zu essen und zu trinken", sagte der Prinz in der Eselshaut.

„Willst du von meinem Gold?"

Der Prinz in der Eselshaut schüttelte den Kopf: „Nein, von Eurem Gold will ich nichts."

„Dann willst du meine Tochter zur Frau!"

„Ja, das will ich", sagte der Prinz in der Eselshaut.

Und der König sagte: „Ich gebe dir meine Tochter zur Frau."

Also wurde beschlossen, in drei Tagen Hochzeit zu halten.

Der Prinzessin war es aber nicht recht, daß sie einen Esel heiraten sollte, und darum weinte sie sich schier die Augen aus.

Doch was der König einmal beschlossen hatte, das ließ er sich nicht wieder ausreden.

„Was ist das für ein König", sagte er, „der heute dieses und morgen jenes sagt."

Da ging die Prinzessin hin und setzte sich ans Ufer des Sees, der nahe dem Schloß lag, und weinte so viele Tränen, daß der See davon bald überlief.

Als sie aber keine Tränen mehr hatte, sah sie am anderen Ufer ihren künftigen Gemahl — wie er seine Eselshaut ablegte und als ein stattlicher Jüngling ins Wasser stieg, um darin zu baden.

Die Prinzessin wußte nicht, ob sie wachte oder träumte. Aber als sie begriff, daß es kein Traumbild war lief sie um den See herum, nahm die Eselshaut und warf sie in das Feuer, das der Gärtner entzündet hatte.

„Ach, welch ein Unglück!" rief der Prinz, als er aus dem Wasser kam und begriff, was geschehen war. „Nun muß ich sehen, daß ich von hier fortkomme."

Aber wie er sich umwandte, stand der alte König da und sagte: „Bleib und nimm meine Tochter zur Frau. Einen ungewöhnlichen Esel wollte sie nicht heiraten, aber einen gewöhnlichen Mann will sie wohl."

So fand denn am anderen Tag die Hochzeit statt.

Und wer dies nicht glaubt, der gehe hin und frage nach. Man wird ihm alles noch einmal erzählen.

DAS WEISSE PFERD

Über die Prärie stürmt der Mustang. Am klaren Gebirgsbach hält das weiße Pferd an und trinkt, es trinkt in langen Zügen das kühlende Wasser.

Wilde gelbe Blumen neigen die Köpfe im sanften Präriewind, der erfrischt wird vom Atem der Berge und Wälder. Tausende kleine Sonnen fangen in ihren Blüten das Abbild der großen Sonne ein.

Der Sonne nahe, über den schneebedeckten Gipfeln der Berge, kreist der Adler.

Das weiße Pferd hebt seinen Kopf und stürmt weiter, wie ein

Märchen ohne Anfang und Ende stürmt es über die Prärie.

Niemand fängt es ein.

Wollte man das weiße Pferd einfangen, würde es sich in eine weiße Möwe verwandeln.

Mit rauschenden Flügeln fliegt die Möwe zum Himmel auf. Sie fliegt gen Westen, dem Meere zu.

Über dem Meer verwandelt sie sich in eine weiße Wolke, und der Meereswind trägt sie über die blauen Wellen in die weite, weite Welt.

Durch die Prärie stürmt das weiße Pferd. Niemand hält es auf. Niemand fängt es ein. Es ist frei wie die weiße Möwe, frei wie die weiße Wolke.

Das weiße Pferd.

Der weiße Vogel.

Die weiße Wolke.

Am Himmel glüht die Sonne. Durch die Prärie stürmt das weiße Pferd. Es ist wie ein Märchen ohne Anfang und Ende.

INHALT

DIE GRÜNE PRÄRIE / 7
BILL DER KOJOTE / 9
DER GEIST DES BISONSCHÄDELS / 18
DER WIDDER, DER LACHS UND DER ADLER / 20
DIE AMEISEN / 28
WARUM SICH DAS KANINCHEN IM LOCH VERBIRGT / 30
DER VERZAUBERTE WALD / 33
DER ZAHNSTOCHER / 38
WARUM AN DER KIEFER ZAPFEN WACHSEN / 42
DER REISENDE UND DER SCHANKWIRT / 46
DIE DREI TREUEN / 51
DER SKUNK UND DIE FRÖSCHE / 53
GOLDREGEN / 55
MIKE FINK / 60
EIN UNGEBETENER NACHBAR / 63
DAS FEUER / 67
DIE WASSERFRAU / 69
VON DER GANS UND DEM FUCHS / 73
PUTENTOCHTER / 74
VOM GANZ KLEINEN MANN / 78
DER ZAUBERLEHRLING / 81
DER FAULPELZ / 87
DIE KAHLEN BERGE / 89
DER GEIZIGE FARMER UND DER KLUGE KNECHT / 93
DIE HEXE AUS DEM TAL / 99

DER ZIEGENBOCK UND DAS ROTE TASCHENTUCH / 102
WARUM DIE NEGERINNEN SCHWER ARBEITEN MÜSSEN / 105
DIE STIEFMUTTER UND DER PRINZ / 106
WELPE UND DER WOLF / 111
DAS GELBE BAND / 116
DER BAUM MIT DEN GOLDENEN ÄPFELN / 118
EIN UNGEWÖHNLICHES PFERD / 127
JIM UND DAS GESPENST / 129
DAS VERSTEINERTE MÄDCHEN / 133
DER SCHWARZE REGENSCHIRM / 135
TISMILA / 137
ONKEL GEORGE / 138
DER VOGEL AUS DEM GOLDENEN LAND / 144
DER ENTENBRATEN / 151
WIE DER SEE TSCHIKASO ENTSTANDEN IST / 153
EINE SONDERBARE FAMILIE / 157
BEELZEBUB IN TEXAS / 160
DIE GEHEIMNISVOLLE MUSIK / 166
DIE NASE VOLL GOLD / 168
DER PRINZ UND DIE TOCHTER DES RIESEN / 171
VON DEN FLIEGENDEN SKLAVEN / 184
DER PRINZ IN DER ESELSHAUT / 188
DAS WEISSE PFERD / 193